水沢文美

いつかあなたに誇れるように

～天国の娘に誓う～

文芸社

生きづらさを抱える方へ

あなたは今、幸せですか？
自分らしく生きることができていますか？
自分のために時間を使えていますか？
自分のことを大切にしてあげられていますか？
やりたいことがあっても最初から無理と諦めていませんか？
明日、人生の終わりを迎えたとしても、この人生に後悔はなかったと言い切れますか？

誰しも皆、幸せになりたいと願っています。けれど、そもそも**「幸せ」**の定義は曖昧であり、人によってもさまざまです。
深刻な病気を抱える人であれば、その日**「生きていること」**自体が幸せと感じるかもしれません。またある人は、思い切り身体を動かしているときに幸せを感じるかもしれません。食べるのが好きな人であれば、食事の時間が一番幸せと感じるかもしれません。「幸せ」の定義はひとつではないのです。

そのときのあなたにとって幸せであれば、それで十分なのです。大切なのは、あなた自身があなたにとっての幸せとは何かを追求し、幸せでいられるように、すべきことを実践することです。そこに他者の評価はいりません。

しかし現実には、何をやっても幸せと感じることができないくらい、心が疲れ切ってしまっている人が思いのほか多いように思います。そういう人は、言わば、幸せの感度が低くなっている状態と言えるのではないでしょうか。

無意識に**「他者から幸せそうに見えること」**を追求していませんか?

他者からの評価を軸にして生きてしまっていませんか?

もしそうであれば、自分がかわいそう。

これはあなたの人生です。あなたがこの物語の主役なのです。

私はかつて、死ぬほどつらい経験をしたことがあります。

今から八年前の二〇一四年、私は生まれて間もない娘を天国へと見送りました。娘は13トリソミーという先天性の染色体疾患でした。私はその後、**「子なし天使ママ」**として生きることを余儀なくされました。

子なし天使ママなんかじゃなく、普通のママとしての人生を歩みたかった……そんな想いを抱えながら、悶々と生きる日々。そして自己否定ばかりを繰り返す毎日を送っていた私の心に、ふと浮かんできた想い。

娘は今の私を見てどう思うのだろうか？

娘は私のことが大好きだった。その私が自分のことを否定ばかりしていたら、娘が悲しむんじゃないだろうか？　このままではダメだ。ちゃんと前に進まなくては！

その日から、私はとことん自分自身と向き合うことを誓いました。自分のことをもっと知ろう。自分のことをもっと認めてあげよう。果てしなく深い自己分析の始まりです。

自分にとって幸せとは何か？

幸せに生きるにはどうしたらいいか？

自分はなんのために生まれてきたのか？

ひとつ何かを始めては、何かが違うと断念し、それでも何かを成し遂げたくて、日々もがき苦しみました。そして数年に亘る紆余曲折を経て、ある境地に辿り着き、私をがんじがらめに縛っていたものから解放されたのです。それは、心が満たされていく感覚でした。

私は今、とても平穏な日々を送っています。心から幸せな人生だと、今なら胸を張って言うことができます。この境地に辿り着いてからの私は、ものすごく生きるのが楽になりました。

人生に深く悩み、傷つき、前に進めなくなってしまった人。
自分のことを大切にできていない人。
他者の顔色ばかり気にして生きている人。
そんな生きづらさを抱える人に向けて、私の大切な過去の経験をお話ししたいと思います。

死ぬほどつらかった経験も、
捉え方次第で生きる力に変えられます。
人生の折り返し地点に来ているとしたら、
あなたはこれから、何をして生きていきたいですか？

目次

いつかあなたに誇れるように

～天国の娘に誓う～

第一章　幸せの絶頂期

妊娠したときのこと

私のおなかに**「幸せ」**が宿ったのは、三七歳の誕生日を迎えてしばらく経ったころでした。ちょうど結婚四年目に突入しようとしていた矢先の自然妊娠。積極的な妊活をしていたわけではなかったものの、妊娠が発覚したタイミングは、夫と「そろそろ赤ちゃん欲しいね」という会話をするようになってからわりとすぐのころでした。そのため、当初は嬉しいというよりも驚きの気持ちの方が強く、その後、徐々に喜びの感情が広がっていったという感じでした。

私たち夫婦は、結婚当初から絶対に子どもが欲しいと思っていたわけではなく、できたら嬉しいし、できなかったらそれはそれで構わない。そんなゆるやかなスタンスを取っていました。決して子どもが嫌いだったわけではなく、しいて理由を挙げるとすれば、結婚二年目から家族となったチワワのルリが子どものような存在だったことが大きかったのかもしれません。

子どもを持つことに対して余裕の構えを見せていた私たちでしたが、「作るのならそろそろだよね？」そんな空気が二人の間に漂い始めたのは、私が三六歳の後半になろうとしていた時期でした。私はすでに高齢出産と言われる年齢に突入済み。夫は私よりも六歳年下です。

もし私が夫と同い年だったなら、私も夫もまだなんの焦りも感じていなかったでしょう。しかし、現実の私は、もうすぐ三七歳。身体的には一刻も早く子どもを作った方がいい。私の妊娠が発覚したのは、遅ればせながら、ようやくそんなことを意識し始めたタイミングでした。

妊娠初期

私は当時、正社員としてフルタイム勤務をしていました。残業は毎日一、二時間程度。月に何日かは退社時刻が二二時を回るような勤務状況でした。世に言う激務ではありませんが、仕事と家事に追われる日々。妊娠がわかったころは、仕事に対するモチベーションがだんだん下がり始めていた時期でもありました。

もともと仕事よりもプライベートを重視したいという考えがあり、周りにもそう公言していた私でしたが、仕事をしていると、そうも言ってられない場面に遭遇することもしばしば。仕事に対して、特段大きな不満があるわけではないけれど、なんとなく満たされない日々を送っていました。

特に妊娠・出産で産休・育休を取得する同僚に対しては、羨ましく思う気持ちがなかったと言えば嘘になります。

そんな背景もあり、私は妊娠そのものの喜びと同時に、それに付随する正式な休みを堂々と取得できる権利を手にしたことに対し、喜びを感じていた側面もありました。

一方の夫は、私ほどではなかったものの、私の妊娠を心から喜んでいる様子でした。ただ、彼の場合、早くも親になるプレッシャーを背負ったかのような、緊張感も伴う喜びようではありました。

親にいたっては、実父母・義父母ともに大喜び。それもそのはず、両家にとって私の赤ちゃんは初孫だったのです。私には姉と兄がいるのですが、姉夫婦には子どもがおらず、兄は未婚。そして、夫は一人っ子。私の妊娠は、私たち夫婦のみならず、双方の親にとっても最高の慶事だったのです。

妊娠がわかってからは、胎児心拍の確認、そして母子手帳の取得といった具合に、順調な妊婦生活を送っているかのように見えました。

妊娠初期のつわりに少し苦しめられはしたものの、頭の中は完全にお花畑で、ただただ明るい未来ばかりを思い描いていました。

おなかがまだ全然大きくなっていない時期から、いずれ必要になるであろう妊婦用の洋服を選んでみたり、妊娠線対策のクリームについて調べてみたりと、念願の妊娠生活をそれなりに満喫していました。

また、出産予定日から逆算して、産前休暇の始まる日をチェックしては、来る休暇の間に何をしようかと思いを巡らせてみたり……。

初めて体験する**「妊娠」**というイベントに対し、楽しいことしか思い浮かべていなかったのがこの時期でした。

重い決断　出生前診断

夢見る妊婦だった私が妊娠初期にひとつだけ真剣に思い悩んだことがありました。それは、出生前診断を受けるかどうかについてでした。

私が妊娠した二〇一四年は日本で新型出生前診断（ＮＩＰＴ）が導入された翌年だったこともあり、テレビではこの話題が頻繁に取り上げられていました。

検査を受け、染色体異常が明らかになった夫婦のほとんどが堕胎を選択しているという事実。**「命の選別」**に対する問題点が連日のように報道されていました。

いくら夢見る妊婦状態だったとはいえ、私の耳にもこの重たい話題は入ってきました。

一緒にニュースを見ながら、

「異常がわかったら堕ろすのは仕方のないことだよな……」

と、独り言のように呟く夫の言葉を、私はとても複雑な気持ちで聞いていました。

異常があれば堕ろせばいい。

私には、この考えを素直に受け入れることがどうしてもできませんでした。障がいのある子を育てることは、きれいごとだけでは済まされない。そんなことはもちろん理解していました。事実、当時の私は、障がいのある子でも立派に育てていく！　などという固い決意ができていたわけではありませんでした。

しかし、夫の短絡的とも取れる発言には絶対に同調したくない。かと言って、自分の気持ちも定まらない……。そんな複雑な想いが、私の頭の中をグルグルと回り続けていました。

そんなとき、たまたま目にしたテレビのドキュメンタリー番組。ある一人の産婦人科医にスポットを当てていました。その医師が語っていた言葉が、私の心に深く刻み込まれました。

「意味のない命など、ひとつたりともない」

まさに私が悩んでいることが、その番組のテーマでした。私は食い入るようにその番組を観ました。

仮に短い時間で亡くなってしまう運命であっても、その命には必ずや深い意味があるというのがその医師の考えでした。

「生まれてこなかった方が良かったという命は、ひとつもない」

三〇年以上妊婦や赤ちゃんと向き合い続け、扱う妊娠の九割がハイリスク出産だというその医師は、自信を持ってそう断言していました。

この番組を観たことが、出生前診断を受けたくないという私の気持ちを強く後押ししたことは間違いありません。


私が通っていた病院では、新型と呼ばれる検査はできなかったものの、出生前診断の一種である羊水検査であれば、妊娠一六週から一八週ころの間に受けることができました。羊水検査には、少ないながら流産のリスクがあります。

それに、もし赤ちゃんに異常が見つかってしまったら？　私には責任ある決断が下せるのだろうか……。

私の心は大きく揺れ動いていました。夫に聞けば「受けてほしい」と言うに決まっています。

このときの私は、すでに何度もおなかの子の心臓が元気に拍動している様子を経膣エコーで目にしていました。また、少しだけ下腹部に膨らみを感じ始めたりと、身体の変化も実感するようになった時期でもありました。そのため、自分のおなかに宿った命の重さを嫌でも実感することができたのです。

これはきっと男性にはわからない感覚だと思います。私の身体の中に確実にある、もうひとつの命の存在。この命は私のものではない。私とは別個体の大切な命なんだ。

私は意を決して、重い口を開きました。

「羊水検査、受けるのなら自分から申し込まないといけないんだけど、私はどうしても受けたくないんだよね……」

私は検査を受けたくない理由を夫に熱弁しました。

「自分たちにとって都合が悪ければ堕ろせばいい。その考えはやはり違うと思う。それに、羊水検査でわかるのは、13、18、21トリソミーの三種類の染色体異常だけなんだよ。世の中にはほかにもたくさんの障がいがある。後天的な障がいを負うことだって十分に考えられる。もし検査を受けて異常があるとわかったら、堕ろせと言うつもりでしょ？　私のおなかの中には、すでに命が宿ってるんだよ。堕胎するってことは、この子の命を奪うことと同じなんだよ。私にはそんなこと簡単には決断できない。元気に動く心臓を見てないから、そんな冷たいことが言えるんだよ。それに、私たちの子どもに限って、そんな稀《まれ》な障がいがあるはずないよ。きっと大丈夫だよ！」

いつになく真剣な私の様子に圧倒された夫は、初っ端から返す言葉を失っていました。

その後、二、三反論してきたものの、私の弁が勝り夫は戦意喪失状態に。もちろん、心底納得したわけではありませんでしたが、何を言っても折れない私を前に、自分に説得は無理だと悟ったのかもしれません。

それに、検査でおなかに針を刺さなければならないのは、妊婦である妻だからという配慮もあったのかもしれません。

最終的には、

「そんなに受けたくないのなら仕方がない。俺たちの子なら大丈夫だよな……」

と夫が言って、私に納得させられた形で話し合いは終了となりました。

安定期

羊水検査を受けないと決めたあとは、重たい足枷《あしかせ》が外されたかのごとく、私の心は一気に軽くなっていきました。

夫も私も、あの苦しかった決断のことなどすっかり忘れてしまったかのように、もとの平穏な日々を過ごしていました。つわりもだいぶ楽になり、一ヵ月ほどすれば、待望の安定期に突入します。安定期に入れば、流産する確率は格段に低くなると聞いていたこともあり、私はそのときが来るのをひたすら心待ちにしていました。

気を使う必要があるのは、日々の食生活と体重管理くらい。妊婦特有の疲れやすさや強烈な昼間の眠気にしんどい想いをしたことはあったものの、仕事はそれなりに配慮してもらえていたこともあり、比較的快適な妊娠生活を送ることができていました。

この時期になると、双方の両親ともに孫ができた喜びを隠し切れなくなってきた様子で、顔を合わせる機会も徐々に増えていきました。

実父母は待望の孫をその手に抱ける日を今か今かと待ち侘びているようでした。普段はあまり感情を表に出さない父でさえ、私が見せるエコー写真を照れくさそうに眺めながら、これまで見せことがないような優しい表情を浮かべ、ひと言「孫は可愛いらしいからなぁ」と感慨深そうに口にしていました。

母にいたっては、エコー写真に向かって「可愛い」を連発する始末。三人の子どもを産んでいる母は、出産経験者としても頼りになる存在です。私にさまざまなアドバイスをしてくれました。

二人とも新たな生きがいを得たかのように、とても生き生きとしていました。私はこれでようやく親孝行ができる安堵のようなものを感じていました。

義父母に関しても、その喜びようはたいそうわかりやすいものでした。私の妊娠を心から喜んでくれている義父母の様子を見て、私も素直に嬉しかったし、やっと本物の家族になれたと感じることができたのが、何より大きな収穫でした。

このときの私は、周囲からの温かな祝福に包まれ、妊娠期間を通じて最も心が安定していました。

私が妊娠したことで、家族の結び付きがグッと強くなりました。おなかの赤ちゃんが家族みんなを幸せの糸で結んでくれたように感じました。妊娠できて本当に良かった！　私は自分のおなかに宿ってくれた赤ちゃんに心から感謝しました。

そうだ！　この子の名前には「**結**」という文字を使おう！　まだ性別もわからない時期ではありましたが、私にはおなかの子が女の子だという予感がありました。女の子だったら「**結衣**」という名前を付けたいな！　夫にも提案してみよう。

実家へ里帰りした日、自宅へ帰る電車の中で、私は一人こんなことを考えながら、幸せに浸っていました。とても心穏やかな時間でした。

私は、この幸せが当たり前に続いていくものと固く信じていました。そう思っていたのは、なにも私だけはありませんでした。私の家族全員が、このあとに起こる嵐のような出来事など、微塵も想像していませんでした。

第二章　不幸は突然やってくる

不穏な空気

　安定期に入って約一ヵ月が経ちました。ここまで来れば、よほどのことでも起こらない限り、もう大丈夫。その日は、月に一度の妊婦健診の日。このときの妊娠週数は二一週三日でした。

　性別がわかるのはもう少し先かな？　そんなのんきなことを考えながら、私は家を出ました。この日から、いよいよ経腹エコーが始まります。おなかの上からはどんなふうに見えるのだろう？　これまでとは違う角度から赤ちゃんの様子が見えることにワクワクしながら、足取り軽く病院へと向かいました。

　エコーに写る赤ちゃんは、いつもどおり元気そうな様子です。しっかりとした背骨が確認でき、心臓も元気に動いています。私は主治医から「順調ですね」というい つもどおりの言葉をかけられるのを待っていました。

「ちょっと赤ちゃんが小さいですね……」

主治医の口から出てきたのは、意外な言葉でした。このときの赤ちゃんの体重は三一九グラム。これがそれほど小さい体重なのか、このときの私にはまったく見当がつきませんでした。

主治医は胎児の成長曲線を示すグラフを私に見せ、我が子の体重がその下限ギリギリのところに位置していることを教えてくれました。

とりあえず様子見ということなのか、主治医からは特段なんの指示も出されぬまま、この日の健診は終了となりました。次回の健診は予定どおり四週間後です。

赤ちゃんが小さいという指摘に、少しだけ不安な気持ちになったものの、私も夫も小柄な体格だったこともあり、赤ちゃんが小さめでもなんら不思議はないと、そのときは深く考えませんでした　。多少のモヤモヤを感じつつも、私は主治医になんの質問もせずに帰宅しました。

赤ちゃんが小さい……。

自宅へ着くと、さすがの私もだんだん気になり始め、ネットで検索してみることに。「妊娠二一週」「三二九グラム」「赤ちゃん小さい」……こんな言葉をランダムに組み合わせ、検索を試みました。

ヒットしたのは**「染色体異常」**や**「ダウン症」**といった怖い言葉ばかり。羊水検査を受ける・受けないで散々悩んでいたころの苦い記憶が蘇ってきました。

まさか、そんなことってある？　血の気が引いていくようでした。かなり激しく動揺する心を宥《なだ》めるように、私はあれこれ考えを巡らせました。

もし何かあれば、きっとこれまでの健診でなんらかの指摘を受けていたはずだよね？大丈夫、きっとなんでもないよ。私も夫も小柄なんだから。ただ単にちょっと赤ちゃんが小さめなだけだよ！

ネット検索をすればするほど、不安な気持ちが煽られるだけでした。素人考えであれこれ詮索し、マイナスな憶測を立て、一人で勝手に不安になる……。こんなことをしていても何も良いことはありません。

「羊水検査、受けなくて良かったんだよね……？」

と、思わず出た独り言。

あれほど固い決意で拒否した羊水検査に対して、やはり受けた方が良かったのだろうかと、迷う気持ちが湧き上がりそうになるのを必死で抑え込みました。

何言っているの、きっと大丈夫！

これ以上調べても何も良いことはないと判断し、私はネットから離れることにしました。

……とはいえ、不安な気持ちに変わりはありません。こういうとき人は、「大丈夫！」と言ってくれる誰かを無性に頼りたくなるものです。私は何人かの友人におなかの赤ちゃんが小さいという指摘を受けたことを話しました。すると全員が口を揃えて同じことを言いました。

「小さく産んで大きく育てればいいじゃない！」

夫の反応も他の人と大して変わらないものでした。

みんなからもらった**「大丈夫」**という言葉を唯一の武器にして、私は自分と赤ちゃんのことを信じることにしました。

確かにみんなの言うとおりだ。大丈夫に決まっている。不安な情報にたくさん行き当たったとはいえ、このときはまだ、きっと私は大丈夫という想いが、心の大半を占めている状態でした。

次回の健診時には、

「赤ちゃん大きくなっていますね！」

と主治医から言ってもらえることを固く信じていました。長い長い四週間がこうして過ぎていきました。

嵐の前の静けさ

不安な気持ちを抱えつつ迎えた妊婦健診の日。私は主治医から「赤ちゃん大きくなっていますね！」と言われることだけを信じて、健診に臨みました。

内心ドキドキしている私の気持ちをよそに、主治医は、

「赤ちゃんの性別わかっていましたっけ？」

と質問してきました。

私はいささか拍子抜けしたものの、

「いえ、まだです」

と答えました。


私の主治医はまだ若く、病院のホームページで確認した情報によれば、シニアレジデント、つまり、後期研修医でした。可愛らしい見た目とは裏腹に、性格はサバサバしていそうな人でした。

主治医は、相変わらずマイペースに経腹エコーを続けています。

「今日わかるかなぁ？　えーと、あっ、女の子ですね」

「夫も私も女の子を望んでいたので嬉しいです！」

「そうでしたか！　良かったです」

和気藹々《わきあいあい》とした空気に満たされた診察室。

あとは、主治医から例の言葉が聞けたら万事ＯＫです。

性別の話が終わると、主治医は再びエコー画面に視線を戻し、少し難しい表情を浮かべながらひと言、

「やはり、赤ちゃん小さいですね……」

そう言うと、その後しばらくの間、口をつぐんだまま、エコー画面に見入ってしまいました。私はその張り詰めた空気の中、何も言葉を発することができずにいました。

エコーを終えた主治医は、前回の健診でも使った胎児の成長曲線を示すグラフを再び私に見せ、現状、私の赤ちゃんの体重がその下限の線を下回っている状態であることを告げました。このときの赤ちゃんの体重は五二七グラム。そして、主治医は続けます。

「小さい赤ちゃんは通常の赤ちゃんよりも、ちょっとしたことで影響を受けやすいんですよね……。たとえば、お母さんのおなかが張ったりすると、小さい赤ちゃんにとってはとても苦しかったりするんです。そういうときに心臓に負担がかかり、最悪の場合、おなかの中で心臓が止まってしまうこともあり得ます。水沢さんはこれまで真面目に健診に通ってきてくださっている方なので、無事に赤ちゃんを産んでもらいたいです。次の健診まで二週間空けるのはちょっと怖いので、来週あたり、また来院することはできますか？　そのときに少し詳しく検査をしてみます。その結果、場合によっては管理入院をしてもらう可能性があるのですが、お仕事など大丈夫ですか？」

「はい」と返事をするのが精一杯でした。当初、翌週と言われた再診日は、調整の結果、三日後に設定されました。

私はかなり動揺していました。けれど、この時点ではまだ、入院しさえすれば大丈夫とも考えていました。主治医からは、赤ちゃんが小さいこと以外、なんの指摘もなかったため、事前に調べていた染色体異常やダウン症のことは、私の頭の中からは一旦消えていたのです。

おなかの中の赤ちゃんにいったい何が起きているのか？　正直言ってまったくわからない状態でした。わかっているのは、この先管理入院することになるかもしれないということくらい。

とりあえず、家に帰ったら夫にこのことを伝えよう。そして、会社にも連絡しておこう。職場には迷惑をかけることになるけれど、赤ちゃんの命が懸かっていることなので仕方ない。そんなことを考えながら、私は帰路につきました。

人生最悪の日

三日後、私は再び病院へと向かいました。その日は、いつもとは違う診察室に案内されました。

扉を開けると、主治医のほかに見知らぬ医師が一人いました。どうやら今日は二人態勢で診察をするようです。あとで知ったのですが、この病院では三人一組でチームを作り、診察にあたっていました。

二人の医師が代わる代わるエコー画面をのぞき込み、長い時間をかけてあれやこれやと意見を交わしています。そこに、私が口を挟む余地などありません。医師同士の長いやり取りが終わると、ようやく主治医が私に説明を始めました。

「やはり赤ちゃんが小さい状況に変わりありません。前にも言ったように、小さい赤ちゃんはそれだけでリスクがあるので、できれば早めに管理入院をしていただきたいです。見ていただくとわかるのですが、ときどき心臓の動きが弱くなることがあります。こういう状態が繰り返しあると、最悪おなかの中で心臓が止まってしまうこともあり得ます」

前回の健診時にも言われていたことだったので、その言葉に対する驚きはなかったものの、エコー画面をのぞくと、素人目にも明らかに、心臓の動きが弱くなる瞬間が複数回確認でき、私はとても不安な気持ちになりました。

「急ではありますが、できれば今日から管理入院をしていただきたいのですが、可能ですか？　それと、ご主人にも状況を説明したいので連絡を取ってください。今日、病院へ来てもらうことはできますか?」

と主治医に聞かれました。

管理入院の可能性はあらかじめ認識していたものの、あまりの急展開に頭がついていきません。とにかく落ち着こう。まずは、夫に連絡を入れなくては。

夫は勤務中でしたが、電話をすると、急遽半日休暇を取り、午後から病院に来てくれることになりました。


夫が来るのを待つ間に、入院手続きなどを済ませ、落ち着いたころに、病棟にあるエコー室にて、もう一度検査を受けることになりました。

ここで三人目の医師の登場です。このT医師は、先の二人の医師よりも、明らかにエコー検査に詳しいようでした。

この日、二度目の経腹エコー。見るからにベテランという感じのT医師は、とても丁寧な口調でいくつかの質問をしてきました。

「今回の妊娠は自然妊娠ですか?」

「はい、そうです」

少し腑に落ちない……というような表情を浮かべたままT医師は質問を続けました。

「ご家族に心臓のご病気を持った方はいますか？」

「いいえ、いません」

その後、しばらくの間沈黙が続きます。

再びT医師が口を開きます。

「赤ちゃんが背中をお母さんのおなか側に向けていて、残念ながら今日はこれ以上詳しく診ることはできないですね。また別の日に診ることにしましょうか」


のちに理解したのですが、このとき私が受けたのは**「胎児スクリーニング検査」**というものでした。医師によると、あとで夫にも詳しい状況説明をするとのことでしたが、具体的な時間は示されぬまま私は病室へと戻り、一人待っていました。


病院というところは必ずと言って良いほど長時間待たされます。この日の私たちも例外ではありませんでした。

夫が到着してからすでに一時間以上が経過。その後、母が突然現れ、三人でひたすら待つことに。母は、私が父にメールした内容を聞くと、足が悪いにもかかわらず杖を使って、病院まで二時間半かけて来てくれたのでした。

待たされること数時間。ようやく主治医が現れました。結局呼ばれたのは一八時を回ってからでした。

「これなら午後半休取る必要なかったのに」

と言い、不貞腐れる夫。待たされるのが大嫌いな夫は、すでにかなりの不機嫌モードでした。

やけに重たい空気が支配する中、ナースステーション奥にある小部屋へと通された私たちは、三人の医師と向かい合って座りました。

まずは主治医から、これまでの経過説明がありました。ここまでは、すべてが既知の情報です。

続いて、胎児スクリーニング検査をしてくれたT医師が説明を始めました。

「今日の午後、赤ちゃんのスクリーニング検査をさせていただきました。赤ちゃんが小さい理由として、三つの可能性が考えられます。ひとつ目は、ただ単に赤ちゃんが小さいという場合。二つ目は、お母さんになんらかの問題がある場合。そして三つ目は、赤ちゃん自体に何か問題がある場合です」

私は医師の表情から、ひとつ目の理由ではないと直感で判断しました。T医師は言葉を選びながら説明を続けます。

「まず、この赤ちゃんですが……心臓にご病気があります。それもかなり重症のご病気です。産まれてすぐに大きな手術が必要となるようなレベルです」

「何をもって心臓に病気があるとわかるのですか？」

とすかさず母が切り込みます。

T医師は、

「心臓の形です。今日は赤ちゃんの向きが悪くて、はっきりとは確認ができなかったのですが、ご病気を持っているのは確かです」

と断言しました。

積極的に質問をする母と夫をよそに、私は完全に思考停止の状態でした。そして、次のT医師の言葉で、私たち家族は一気に凍りつきました。

「赤ちゃんが小さいということと、心臓のご病気があるという二つの事柄から**「染色体異**

常」の可能性が考えられます」

　染色体異常……。一番恐れていたこの言葉がT医師の口から出た瞬間、隣に座っていた夫が頭を抱えるのが目に入りました。夫は絞り出すような声で、

「堕ろすことはできないんですか？」

　と医師に尋ねます。

「今の週数では堕ろすことはできません。中絶は、日本の法律では妊娠二二週未満までと定められています。産むという選択肢以外はありません」

　T医師の言葉を聞き、夫はうなだれ、大きなため息をつきました。

　私はその様子を見て、胸が押し潰されそうになっていました。夫の言いたいことは、聞かなくてもわかりました。「あのとき、出生前診断を受けさせておくべきだった」と思っていたに違いありません。このとき、私の妊娠週数は二五週六日。医師が言うとおり堕胎可能な時期はとうに過ぎていました。

　私はこの説明を受けるまで、入院しさえすれば大丈夫だと半ば本気で考えていたのです。自分の甘い見通しは、無惨にも打ち砕かれてしまったのです。

どうしよう……。産むしかない。……でもちょっと待って、堕ろせる時期だったら私は堕ろしていたってこと？　それって言っていたことと違うよね？　私っていったいなんなの？　矛盾だらけの心の内に戸惑いながら、もはや何が正しくて何が間違っているのか判断がつかない状態に……。

私は結局、その場で質問はおろか、まともに会話することすらできませんでした。


無情にも話は先へと進んでいきます。おなかの子は刻一刻と成長していることに変わりなく、こちらの心が安定するのを待ってはくれません。

まず決めなければならなかったのは、羊水検査を受けるかどうかについてでした。染色体異常の有無を確定させるには、この検査を受ける必要がありました。しかしながら、検査はあくまでも任意です。患者である私たちが決める必要がありました。

この場で決める必要はないと言われましたが、私たち夫婦は受けることを即決しました。それは、ここまできたら、赤ちゃんの病気についてはっきりとわかった方が多少なりとも心が整えられると考えたからです。羊水検査日は五日後に設定されました。

長い話し合いが終わって時計を確認すると、すでに一九時半を回っていました。

夫からの提案もあり、私はこの日、急遽入院を取りやめ、自宅に帰らせてもらうことになりました。こんな状況で一人病院で過ごすのはつらすぎると判断したからです。

翌日に用事があり、どうしても自宅に帰るという母を途中まで見送り、私と夫はほとんど会話することなく、帰宅しました。長すぎる一日がようやく終わろうとしていました。

おなかの子はダウン症？

病院から帰る際、T医師から、

「インターネット検索はなるべくしない方がいいですよ」

とアドバイスを受けていた私たち。理由は、怖い情報にたくさんヒットするからというものでした。言われるまでもなく、その日の私たちには、ネット検索をする余力は残っていませんでした。

ほとんど眠れない状態で迎えた翌朝。

私は自分で自分を責め続けていました。出生前診断を受けないと決めた、あのときの固い決意はどこへ行ってしまったのか？　情けないことに、このときの私はすっかりうろたえてしまい、何もかもが怖くて怖くて仕方ありませんでした。

宣告を受けた際に、私の頭の中を駆け巡った矛盾だらけの想い。結局のところ、私はなんの覚悟もできていなかったということ。自分の認識の甘さがとことん嫌になりました。


羊水検査を受けるまでの四日間、私は、こんなにも泣いたことはないというくらい、涙に暮れた毎日を過ごしました。

そんな中でも私は、徐々に現実を受け止めようと、医師がすすめなかったインターネット検索をし始めていました。

私はこのとき、おなかの子はダウン症であると勝手に思い込んでいました。特に理由があったわけではなく、他の染色体異常よりも割合が高いからというのがその理由でした。

ダウン症の子を育てていく。

まったく想定していなかった子育て。

夫は間違いなく出生前診断を受けなかったことを責めてくるでしょう。最悪の場合、離婚になるかもしれない。私は心の中で密かに覚悟を決めていました。

離婚になったら実家に戻って、この子を育てていこうかな……。そんなことを考えながら、必死に現実を受け入れようとしていました。

そんな私の心に大きな勇気を与えてくれたもの、それは、ダウン症児を育てている人が書いているブログでした。

ダウン症の子はよく天使のようだと表現されます。自分の子なら、きっと可愛いと思えるんじゃないのかな？　ガチガチに凍っていた心が、ほんの少しだけ溶けていくのを感じました。

仮に障がいがあったとしても、この子を立派に育てていこう。出生前診断を受けないと決めたのは、紛れもない私自身です。一度自分で決めたことなのだから初志貫徹！　しっかりしなくては。

よく「子どもは自ら母親を選んで、そのおなかに宿る」と言われます。きっと私の赤ちゃんも、何かの意味があって私のもとに来てくれたのではないか？　以前観たテレビ番組の医師の言葉が思い出されました。

「意味のない命など、ひとつたりともない」

少しずつ前向きな気持ちになっていきました。もちろん本音は、健康な赤ちゃんが欲しかった。この子だって本当は健康に生まれたかっただろうに……。ごめんね、私のせいだね。なんとも言えない複雑な気持ちでした。

少し前向きになったと思ったら、次の瞬間には大きく気分が後退する……。こんなことを繰り返すうちに検査の日がもう翌日に迫っていました。

羊水検査当日

この日、私の心は妙に落ち着き払っていました。それは少し諦めにも似たような心境でした。一泊二日の入院が必要となるこの日、夫は「検査の時間まで待たされるのはごめんだ」と言い、すべての手続きが済むと、そそくさと帰っていきました。

午後になり、ようやく主治医が病室に現れました。羊水検査の前に、先日の胎児スクリーニング検査の続きを行うとのこと。

検査室に入ると、前回も同検査を担当したT医師が待っていました。

言葉少なにエコー画面に見入るT医師。しばらくすると口を開きました。

「今日は、ご主人はいらっしゃる?」

「いいえ、もう帰ってしまったので今日は来ません」

「赤ちゃんのご病気のこと、お話ししても大丈夫? それとも今はやめておく? 聞きたくない?」

「大丈夫です。話してください」


まずは心臓の状態について。

T医師によると私の赤ちゃんの心臓には、複数箇所の穴が開いているとのことでした。しかし、問題はそれだけではありませんでした。

肺静脈が異様に細く、小脳が少し小さく、口唇口蓋裂《こうしんこうがいれつ》がある……。私は言葉を失いました。そんなにたくさん問題があるの? 心臓だけじゃなかったの……?

思った以上に深刻な障がいが多数あるという事実に、私は面食らってしまいました。こんなにたくさんの障がいがあって、そもそもこの子は生きられるのだろうか。

私は受け止め切れない現実に必死に向き合おうとしていました。

しかしながら、そんなに簡単に心の整理ができるはずもなく……。気づけば羊水検査を受ける時間となり、スクリーニング検査は終了しました。

主治医とT医師、それに二人の看護師さんの計四人態勢で行われた羊水検査は、滞りなく進み、三〇分もかからずに終了しました。おなかに長い針を刺されたときは、多少の恐怖感と鈍い痛みを感じたものの、それ以外は特段なんの感想もないというくらい、あっさりとしたものでした。

しばらくの間、検査を受けた部屋で安静にしていなければならなかった私は、一人ぼーっと天井を見上げながら、スクリーニング検査時にT医師から告げられた「**問題**」の数々を頭の中で反芻していました。

所定の時間が問題なく経過したあと、私はもといた病室へと戻りました。

しばらくすると、夫からメッセージが入りました。その日の朝、辛うじて病院に付き添ってくれはしたものの、つれない態度でさっさと帰っていった夫。検査が無事済んだのか、一応は心配してくれているようでした。

夫はあの日以来、ずっと言いたいことを言わずに耐えてきました。しかしながら、我慢も限界を迎えたのでしょう。メッセージアプリという、顔を見ずにやり取りができるシステムの弊害でしょうか。だんだんと彼の本音が見えてきました。

「こういうことになるのが嫌だったから、俺は出生前診断を受けろと言ったんだ。どうして受けなかったんだよ。

堕ろしておけば良かった。

俺は障がい児なんか育てるのは嫌なんだよ」

ひどい言葉の連投です。

遅かれ早かれ、夫からこんな言葉をぶつけられるだろうと覚悟していた私は、むしろ、この日までよく耐えたな、と思ったくらいでした。


夫は悪い人ではないのです。ただ、心がとても弱く器が小さい……。自衛のためには、ときに過剰なまでに攻撃的になることが、これまでも何度かありました。

私は夫の性格を知り尽くしてはいましたが、私自身も余裕のない状態だったこともあり、結局のところ、攻撃的な言葉で応戦してしまいました。

「それなら離婚する？　子どもは私が一人で育てます」

「あーそうしてくれ、離婚だ、離婚！」

……こんな不毛なやり取りをしたところで、誰も救われません。私は情けない気持ちでいっぱいになりました。

人生初となる、病院で過ごす夜。

スクリーニング検査での気になる指摘、夫との喧嘩……。とても眠れそうにありませんでした。何も良いことはないとわかってはいたけれど、ついついスマホに手が伸びます。

染色体異常についてほぼ知識などない私でしたが**「ダウン症」**と、医師から指摘された**「口唇口蓋裂」**がどうしても結び付かず、思いつく限りの言葉を駆使し、あれこれ検索を試みました。

その結果、私の中であるひとつの**「仮説」**が導き出されました。

おなかの子は、ダウン症じゃない……。恐らく13トリソミーか18トリソミーだ。口唇口蓋裂は、13トリソミーの子に多く見られる特徴のひとつ。恐らく、赤ちゃんは13トリソミーだ。そしてきっと、この子はそう長くは生きられないだろう……。

カーテンで仕切られているとはいえ、隣には別の入院患者さんがいます。私は嗚咽しそうになるのを必死にこらえました。滝のような涙が溢れてきました。

ふとスマホに目をやると、夫からメッセージが届いていました。

「さっきは悪かった」

私は、これ以上不毛なやり取りはしたくないという思いもあり、夫からの謝罪を受け入れました。そして、先ほど辿り着いた**「仮説」**について夫に伝えました。

夫は思いも寄らない展開に、これまでとはまた違ったショックを受けているようでした。

私は必死に夫に訴えかけました。

「おなかの赤ちゃんはきっと長くは生きられないだろうけど、この子の天寿をまっとうさせてあげようよ。たとえ短い生涯になろうとも、目一杯この子に愛情を注いであげようよ」

夫は戸惑いつつも、私の言葉をなんとか受け止めようとしているようでした。

結局この日は、ネット検索に明け暮れ、私は一睡もすることができませんでした。気づけば、窓の外が白み始めていました。


退院前のエコー検査。

私はT医師に尋ねました。

「先生、こんなにたくさんの障がいがあって、そもそもこの子は生きられるのでしょうか」

医師は少し言葉に詰まったあと、

「それは、羊水検査の結果が出てからお話ししませんか?」

と、言葉を濁します。

「小さくて心臓の弱いお子さんは、おなかの中で死んでしまうことも十分に考えられます。もし、胎動を感じなくなったら、すぐに病院に連絡してください」

私は「はい」と頷いて続けました。

「実は昨日の夜眠れなくて……、ネットでいろいろと調べちゃいました。たぶんこの子はダウン症ではなくて、13トリソミーか18トリソミーですよね?」

すると、T医師は、

「調べちゃったの? そうねぇ……検査結果が出てみないと確かなことはわからないけどね」

「それと……ぜひね、赤ちゃんにお名前を付けてあげてください」

私は医師のその言葉で**「仮説」**に対する確信をさらに深めました。

既述のとおり、私はすでに赤ちゃんにつけたい名前の候補を決めていました。医師にそのことを伝えると、

「結衣ちゃんですか! それでは、今後は我々も結衣ちゃんと呼ばせていただきますね」

T医師は、優しい笑顔でそう答えました。

母性の復活

退院手続きを済ませ、病院の外に出ると、空は雨模様でした。当然のごとく、誰も迎えには来てくれません。私はタクシーで自宅まで帰ることにしました。

羊水検査を受けるために病院に向かった昨日、私は、障がいを抱えたこの子とどうやって生きていくかという点に頭を悩ませていました。しかし、一夜明けたこの日、私の心の内はさらに複雑な想いを抱えていました。

障がいがあっても一緒に生きていく覚悟をしようと必死に頑張っていたのに……それなのに……死んでしまうの？

ほとんど寝ていなかったにもかかわらず、タクシーに揺られている間、私は眠気を感じることもありませんでした。

平日だったこの日、仕事に行っているはずの夫は家にいました。昨日の私とのやり取りで、メンタルバランスを大きく崩し、体調不良を引き起こしていたようでした。

この上ない気まずさを抱えてはいたものの、ここは大人にならなくてはと、私はあえて普段どおりに振る舞いました。二人で軽い昼食をとったあと、私は夫に話しかけました。

「羊水検査の結果、二人で聞かなくてはならないから、二週間後のこの日、一緒に病院に来てくれる？」

あからさまに嫌そうな顔をする夫。

「えっ？　また行くの？　会社休めないよ……。どうせ13か18なんでしょ？　結果がわかっているのなら、わざわざ聞く必要ないじゃん」

なんて無責任な言い分なのだろう。

腹の底から湧き上がってくる怒りを必死に抑え込みながら、どうしても同席してもらう必要があることを伝え、どうにか夫を説得しました。

このときでした。

消えかけていた私の母性に、強烈なスイッチが入ったのは。

こんなやり取り、結衣はどんな気持ちで聞いていただろう？　とにかく、私がしっかりしなくては。もともと頼り甲斐のない夫だったけど、ここにきて、本当に頼りにならないことがわかった。こうなったら、もう夫なんてどうでもいい。誰がなんと言っても、赤ちゃんにとっては、母親が一番なのだから。夫はともかく、私は結衣のことを目一杯愛してあげなくては。

長く生きられないであろう結衣のことを思うと、胸が張り裂ける想いでした。なんでこの子がこんなつらい運命を辿らなければならないのか。せめてダウン症だったら生きられたのに……。

私の目には涙が溢れていました。けれど、このときの涙は、これまでの悲嘆に暮れていた涙とは違い、別の想いも含まれていました。

母親としての強い自覚と責任感が、情けない夫のお陰で、ようやく蘇ってきてくれたのでした。

羊水検査結果

検査からちょうど二週間後にあたるこの日、私と夫は指定された時間に病院に向かいました。

私の立てた**「仮説」**が正しいかどうか、答えが出る日。この際はっきりさせてしまいたいという気持ちと、わずかながらの奇跡を信じたいという想いが複雑に絡み合っていました。

個室へと通された私たち夫婦。待っていると、まずは看護師さんが二人、やってきました。その後、主治医とT医師もやってきて、いよいよ例の結果が言い渡されます。

まずはT医師から染色体というものについて簡単な説明がありました。

「人には二三対、計四六本の染色体があります。そのうちの一対は性染色体と呼ばれ、男性であればXY、女性であればXXと表現されます……」

その後、私たちの前に一枚の紙が置かれました。

それは、結衣の染色体の情報、つまり羊水検査結果が記された用紙でした。1から23まで、それぞれの染色体に番号が振られています。

「あっ、わかりました。13が三本ありますね……」

と、夫が声を上げました。

その声につられるように、私も一三番目の染色体に目をやりました。

他の染色体はすべて二本なのに対し、一三番目の染色体だけ、確かに三本ありました。

私の**「仮説」**は見事に当たっていました。

当たってほしくもないことに限って、当たってしまうものなんだよね。やはり奇跡なんて起こらなかった……。心の中でそっと本音がこぼれます。

感傷に浸る間もなく、話は先へと進んでいきました。

T医師は13トリソミーの赤ちゃんについて説明を始めました。

「13トリソミーの赤ちゃんは、その約半数がおなかの中で心臓が止まるなどして死んでしまいます。仮に、おなかの中で生き永らえたとしても、そのうちの約半数は、生まれてくる際の陣痛に耐えられず亡くなってしまいます。また、幸いにして生きて産まれてこられたとしても、その日を生きられるかどうか……」

T医師の話の結末には、いずれの場合も必ず**「死」**がありました。

人は誰しも生まれた瞬間から死に向かって歩み始める。

こんな言葉を聞いたことはあったけれど、結衣の場合は、おなかの中にいる今この瞬間でさえ、生と死が重なり合っているような状況なのです。13トリソミーという染色体異常は、現代の高度な医学をもってしても治すことはできない……。私は、改めて自分の無力さを痛感しました。

その後、話はよりシビアな内容へと移っていきました。この長く生きられないであろう命に対して、どこまで人為的に救いの手を差し伸べるか、という話。つまり、延命措置を施すか否かについて。

夫は、

「延命措置はいいですよ……。だって、13トリソミーが治ることはないんですよね？　どの道死んでしまうんですよね？」

と言って、頭を抱え込んでしまいました。

T医師は、

「そうですね……延命措置をしたからといって、その後長く生きられるということは残念ながらありません。非常に難しい話ですので、今この場で決めていただく必要はありません。延命措置の話については、実際には新生児科の医師が担当する部分になりますので、後日改めて話し合いの場を設定させていただくことになります」

と言いました。

あまりの重たすぎるテーマに、私は簡単に答えが出せないでいました。それに対して、延命措置はしなくていいと即答した夫。私はなんとも言えない複雑な感情でいっぱいになっていました。

非常に重苦しい雰囲気の中、その日の話し合いは終了となりました。

第三章　母は強し

心の支え

「赤ちゃんが小さい」という指摘から始まった一連の騒動は、羊水検査結果が出たことでひとつの区切りを迎えた形となりました。

それは、想定していた中で、最も辿り着きたくなかった答えであることは、言うまでもありません。幸せの絶頂からの転落はあっという間の出来事でした。期間で見たら、わずか三週間余りの話です。しかし、そのインパクトは凄まじく、それまでの幸せだった妊娠期間の記憶が、すべて吹き飛んでしまうくらいの衝撃でした。

この間、私の心は乱高下する株価のごとく、日々大きく揺れ動いていました。

宣告を受けた直後は、赤ちゃんの病気を受け入れられず、おなかにいる子の存在自体を否定したくなるような……そんな母親失格とも言える気持ちにすらなりました。出生前診断を受けたくないと正義を振りかざしていたころの私は見る影もなく、ただただ涙に暮れていました。

しかし、徐々に心の平静を取り戻していった私は、出生前診断を受けないと決断した当時の気持ちを思い出し、その際に影響を受けた医師の言葉を再び胸に刻み込みながら、障がいのある娘のことを受け入れるための度量を少しずつ形成していったのです。

夫には頼りたくても頼ることはできませんでした。私よりもずっと繊細で傷つきやすい彼は、自分のことで精一杯……。

私は自分で自分の心を整理するしかありませんでした。

しかしながら、今回の件で受けた精神的ダメージは、これまで生きてきた中で最大級の試練とも言うべきもの。いくら周りからしっかり者と言われている私でも、自分の力だけでどうにかするというレベルを遥かに超えていました。そんな私の心を支えてくれたのは、他でもない、血のつながっている家族の面々でした。父、母、姉、兄。中でも姉は、宣告のあった翌日から毎日欠かさず、電話かメールで私に連絡をし続けてくれました。

姉は、

「(宣告を受けた)今がどん底なんだから、あとは這い上がるだけだよ!」

と言って、いつも力強く私を支えてくれました。私は、毎日励ましてくれる姉とやり取

りを重ねるうちに、

「これ以上落ちようのないところまで落っこちたのだから、あとは上に這い上がるだけだ。これよりつらいことなんて、もう起こりようがないんだから……」

と思えるようになり、徐々に前を向けるようになっていきました。これほどまでに家族のありがたさを感じ、その存在に感謝したことはありませんでした。

人は人によって支えられながら生きている。

平穏無事な毎日を送っていると、つい忘れてしまいがちなことですが、人は決して一人では生きられないものなんだということを、嫌でも痛感させられました。


私を支えてくれたのは、家族だけではありませんでした。もう一人のキーパーソン、それは、羊水検査結果が言い渡された日に同席していた看護師のMさんでした。

私とほぼ同世代と思われるMさんは、初対面とは思えないほど、とても人当たりが良く、話しやすい人でした。

「これから先、何か困ったことがあったら、私になんでも相談してくださいね」

これは、羊水検査結果を言い渡され、この上なく気分が落ち込んでいた私たち夫婦に、

Mさんがかけてくれた言葉です。

Mさんは、私のように予期せぬ事態に見舞われた妊婦のサポートを主な仕事としているようでした。私たち夫婦はこのあと、Mさんに数え切れないくらい、実務的にも精神的にも助けていただくことになります。

Mさん以外にもたくさんの医療従事者とかかわり合いを持つことになった私たちでしたが、不思議なことに、かかわる方すべてが良い方で恵まれていました。

「なんでこんなにいい人ばかりにあたるのだろう?」

このときから、私はこの妊娠に対して、普通ではない何かを感じ始めていたのでした。

覚悟を決める

母親としての自覚が大きく揺らいだ宣告当初。私は、自分自身の心と深く向き合い、自分の中にある、ありとあらゆる感情をすべてさらけ出すことで、自分の精神をなんとか保とうとしていました。その中にはもちろん汚い感情もたくさん含まれていました。

良くも悪くも、一度起きてしまったことは変えることはできません。

なぜこんなことになってしまったのか？

こんな自問自答を、いつまでも続けたところで、得られるものは何もない。早い段階でそのような割り切りの境地に到達できた私は、今できること、今すべきことは何か、ということを第一に考え、行動に移すことを決意しました。

もちろん、現状何も解決したわけではありません。宣告を受けたときがどん底だったとはいえ、きっとこれから先も、つらいことが私の身に降りかかってくるだろうことは、容易に想像できました。

けれど、どうあがいても逃れられない運命を前に、私はある意味、覚悟を決めたのです。

人生には、自分の力や努力だけではどうにもできないことがあります。

けれど、一方的に運命に支配され、流され、感情を揺さぶられ続けるのは、なんだかとても悔しいと思いました。

私の中にある**「負けん気」**がムクムクと蘇っていく感覚。私はこの過酷な運命を、なんとしてでも、自分自身で操縦してやろうと心に決めました。

そして、私のおなかに宿ってくれたこの尊い命に、持てる限りの愛情を注ぎ込もうと固く決意したのです。

この境地に辿り着けたのは、周囲の支えがあったからこそだと思っています。私は周囲への感謝を胸に、再び立ち上がることを心に決めました。

今の私にできること

宣告を受けてからしばらくの間、私はショックのあまりおなかの中の結衣に話しかけることができなくなってしまいました。しかし、いざ覚悟を決めてからは、これまでの分を取り戻すかのように、たくさんたくさん話しかけました。

結衣に目一杯の愛情を注ぎたい。

通常であれば、産後の生活に思いを馳せ、その準備に勤しむ時期です。けれど、私と結衣には未来の時間など約束されてはいませんでした。

今、この瞬間にできることをしよう。

私はとにかく結衣のことを想って生活することを心がけました。事あるごとに、結衣に話しかけながら、毎日を送っていました。

特に、二人きりになれるお風呂の時間は、最高の女子会の場でもありました。私は自分の心に正直に、結衣に対して、なんでも話すようにしていました。それは会話というよりは、一人の人間としての私をさらけ出す時間でもありました。ときには弱音を吐いたり、悩みごとを相談したり、歌を歌ってみたり……。まさに、私と結衣、二人だけの秘密の時間でした。

また、毎日の食事作りひとつ取ってみても、これまでとは違う意識で取り組みました。私の手料理を食べることができないであろうこの子に、せめておなかの中にいるうちに、たくさん食べさせてあげよう！　そんな想いが、私の料理熱を燃え上がらせました。

もともと料理好きだった私は、これまで以上に料理の腕を振るい、レパートリーもどんどん増やしていきました。そこには、小さな結衣にたくさんの栄養を届けて、少しでも大きくなってもらいたいという親心がありました。

私が結衣と心の交流を深める一方で、我が家のワンコ、チワワのルリにも不思議な行動が見られるようになりました。

結衣の病気がわかって以降、なぜかルリは私のおなかにピッタリとくっついて眠るようになったのです。まるで、おなかの中の結衣に「大丈夫だよ」とでも話しかけているかのように。それまでそんな行動を取ったことがなかったので、とても不思議に思えました。

昼間の時間帯にも、ルリの不思議行動は続きました。ソファに腰かける私のもとにやってきては、私のおなかに顎をのせてくることがやたらと多くなったのです。明らかに赤ちゃんの存在を感じ取っているように見えました。これまた、妊娠前には見られなかった行動でした。

私には、ルリのこれらの行動が単なる偶然とは思えませんでした。結衣にとってルリは〝犬のお姉ちゃん〟です。私のおなかを挟んで、二人は密かに交流を深めていたのかもしれない……。私は頭の中でそんなことを考えては、一人空想ごっこを楽しんでいました。

周囲への報告

自分自身の心と向き合う作業と並行して、私には対応しなければならないことがありました。

それは、職場や友人たちへの報告でした。

嬉しい内容であれば何も悩む必要はないけれど、今回のようなケースでは、聞く側にも余計な気遣いをさせることになってしまいます。

聞いた相手が、返す言葉を失ってしまうような話の持って行き方は、なるべくしないようにと心がけました。

どのように伝えるべきか。あれこれと頭を悩ませたものの、私は私らしく、あったことをそのまま正直に伝える方法を選択しました。余計な脚色や隠しごとはせずに、私の身に降りかかった出来事を、できるだけ簡潔に、そして、重たくなりすぎない程度に。かと言って、軽すぎる感じにはならないように。そのときの自分の心に従って、等身大の言葉で伝えることにしました。

とにかく私は**「かわいそうな人」**とだけは思われたくありませんでした。それは、ちっぽけな私のプライドというよりは、結衣のことを**「残念な結果」**だと思われたくないという、母親として当然の想いからでした。

会社の上司にはすべてを包み隠さず伝え、同僚には、おなかの子に病気が見つかったという大まかな情報のみを、上司の口から伝えてもらうことにしました。

友人たちには、メールで経緯をすべて伝えました。13トリソミーという病名も隠すことなく伝えました。

すでにお母さんになっている友人も多数おり、その反応はさまざまでしたが、覚悟の決まった私の様子を見て、皆一様に心からエールを送ってくれました。

このときの私は、もはやなんの迷いもない状態でした。たとえるならば、決戦を前にした侍のような心境とでも言ったらいいでしょうか。それくらい、私の心は、いい意味で開き直っていたのです。

宣告を受け、泣いてばかりいたころの私は、完全に姿を消していました。私は文字どおり、「母は強し」を体現できるようになっていたのです。

この妊娠の意味を考える

私は自分の精神が安定してくるにつれ、このたびの妊娠の意味を深く考えるようになりました。

思い返せば、この妊娠には不思議なことがたくさんありました。

羊水検査を異様なほどに拒絶した私自身の行動だったり、その際にたまたま観たニュースやテレビ番組の影響だったり……。

堕胎可能時期を完全に過ぎてからの病気発覚は、赤ちゃんからの何かしらの強いメッセージを感じないわけにはいきませんでした。

この子にはどうしても生まれてくる必要があったのではないか？　そんな想いが私の中に湧き上がってきたのは、赤ちゃんの病気発覚後、わりとすぐのタイミングでした。

そう考えるに至ったのは、テレビ番組で観た医師の言葉の影響が大きかったからかもしれません。しかし、それ以前から、人生で起こることはすべてにおいて、なんらかの意味があると考えていた私は、この妊娠にも何かきっと深い意味があるのではないかと考えるようになっていたのです。

そのように考えれば考えるほど、結衣のことを、彼女が伝えに来たことを、もっと深く理解したいと思うようになりました。

この子を邪険に扱ったらバチが当たる。

そんな考えすら浮かんできました。

この子は、神様からのお遣いなのではないか？　私に、とてつもない大切なことを伝えるために、身体を張っておなかに宿ってくれたのではないか？

私はまったくの無宗教ではありますが、自然と神様の存在まで意識するようになりました。

つらい出来事に意義を見出すというのは、並大抵の気持ちではできません。しかしながら、私はこの試練に対して、何かしらの意味があることを強く信じて疑いませんでした。

この答えの出ない問いかけは、結衣を天国へと見送ったあとも、ずっと私の中で続いていきました。私は結衣に、人生を懸けて答えを出すべく、大きな宿題を与えられたと思っています。

第四章　生まれてきてくれてありがとう

真夜中の破水

出産予定日まで一ヵ月余りとなったこの日、すでに産休に入っていた私は、いつもどおりの生活を送っていました。

夜中に目が覚めトイレに行き、再び眠りにつきました。妊娠後期ともなると、大きくなったおなかに膀胱が圧迫されるため、トイレが近くなる……というのは、妊婦さんあるあるのひとつです。

その一時間後、私は再び目を覚ましました。ショーツ付近に違和感を覚えて確認すると……ぐっしょりと湿っているではありませんか！　おりものにしては量が多いと思い、慌てて飛び起き、トイレに向かいました。

トイレに辿り着くまでの間に、みるみるパジャマのズボンが濡れていきます。生温かい液体が自分の意思とは無関係にとめどなく流れ出てきます。

うわっ、破水だ！　……どうしよう、破水しちゃった……。あまりの突然の出来事に身体が震えました。

私は慌てて夫を起こします。

「起きて！　破水しちゃった！」

「えっ！　破水した？」

叫び声にも似た私の呼びかけに、夫も飛び起きました。

こんなに羊水が流れ出てしまったら、結衣ちゃん死んでしまうんじゃないの？　こんな終わり方、絶対に嫌だ……。泣きそうになるのをこらえながら、冷静にならなくてはと、なんとか自分を落ち着かせ、まずは病院に電話を入れました。

「入院準備をして、すぐに夜間救急外来に来てください」

電話に出たスタッフが冷静に答えます。

私は電話を切り、続いて、事前に登録しておいた陣痛タクシーに配車依頼をかけました。

その間も羊水は流れ続けています。

五分も経たないうちにタクシーはやってきました。

病院に着き、診察してくれたのは当直の産婦人科医でした。エコーで赤ちゃんの様子を確認します。

幸いにも赤ちゃんの心臓は動いていました。私はひとまずほっとしました。そして、気になっていたことを質問しました。

「こんなに羊水が流れ出てしまって大丈夫なんですか?」

すると医師は、

「赤ちゃんの周りにはまだちゃんと羊水はありますし、羊水自体新しくどんどん作られるものだから心配いりません」

と冷静に答えました。

すぐに出産となる気配はないものの、私はこのまま入院することになりました。

出産

破水が起きたのは、日曜日の早朝のことでした。当然ながら、病院には主治医もT医師もM看護師さんも出勤していません。

対応してくれた看護師さんによると、一般的に、破水から二四時間以内に陣痛がくると言われているとのことでした。もしも、その時間を過ぎても陣痛がこないようであれば、次なる手段を考えることになると言います。

結局、この日に陣痛が来ることはなく、そのまま月曜の朝を迎えることになりました。早朝七時ごろ、T医師が私の病室に現れました。私は顔馴染みの登場に、少しだけ安堵しました。ベッドの上で内診してもらったところ、まだ子宮口はあまり開いていないとのことでした。

このときすでに、破水をしてから二四時間以上が経過していました。子宮内感染症のリスクなどを考慮し、このあとは陣痛促進剤を使って、お産を進めていくことになりました。

破水した瞬間から、私の心はとても複雑な想いを抱えていました。

この子はきっとおなかの外に出てしまったら、そう長くは生きられないだろう……。そんな嫌な予感があった私は、出産が近づくことは、すなわち、結衣とのお別れのときがすぐそこまで来ていることと同義であると捉えていました。

複雑な心境の私をよそに、出産へ向けた準備は着々と進んでいきました。いよいよ陣痛促進剤の投与が始まります。

陣痛促進剤はかなり少量から投与を始め、三〇分ごとに一定量を増やしながら調整していくと説明を受けました。

その日は、ほぼ一日をかけて陣痛促進剤を投与され続けましたが、なかなか本格的な陣痛には移行せず……。夜になると、促進剤にプラスして、子宮口を広げるために「バルーン」を入れることになりました。

それまではわりと余裕を見せていた私でしたが、バルーン挿入後は一気に具合が悪くなりました。とにかく痛い……。このままの状態で一晩過ごすと聞かされ、気が遠くなる思いでした。

結局、その日はこれ以上お産が進むことはないという判断が下され、陣痛促進剤の投与は一旦終了となりました。

迎えた翌朝。検温や血圧測定、そして食事を済ませて一息ついていると、突然の来客が。時間はまだ朝の八時を過ぎたばかりです。こんな早くに誰だろう？　看護師さんに連れられて現れたのは、私の母でした。

私は入院をして以来、姉に逐一メールで状況報告をしていました。両親には姉が連絡を入れる形で連携を取っていました。陣痛促進剤を使い始めるという情報を姉から聞きつけた母は、いても立ってもいられず、例の宣告を受けた日と同様に、またしても一人で病院へと来てくれたのでした。

母曰く、

「今日は一二月一六日。出産予定日のちょうど一ヵ月前。私の誕生日は二月一六日。この『一六日』という日付を選んで、結衣ちゃんは産まれてくるんじゃないのかしらと思ったの」と。

驚いたことに、このときの母の直感は見事なまでに当たっていたのです。

母が到着してから間もなくして、陣痛促進剤の投与が始まりました。昨日よりも効き目の強い薬剤を使っているということもあり、その効果は思った以上に早く現れ始めます。だんだんと痛くなるおなか……。母はベテランのお産婆さんのように、陣痛に苦しむ私を上手にサポートしてくれました。

「これればかりは代わってあげられないからねぇ……。頑張るんだよ」

母の励ましを受けながら、陣痛の間隔時間を測定します。間隔はどんどん短くなっていきました。

これって、もうすぐ産まれるんじゃないの？　焦る私に助産師さんが問いかけます。

「いきみたい感じがしてきましたか？」

初産なので、いまひとつこの**「いきみたい感じ」**という感覚がわからなかったものの、激しいおなかの痛みに加え、お尻の底が抜けてしまうのではないか……と思えるほど下へと押される重力を感じた私は、あまりの痛さに顔を歪め、悶え苦しみました。

助産師さんがその様子を見て、慌てて内診します。

「もう出産になります！　お母様は外でお待ちください」

一気に現場が慌ただしくなりました。

このときの私は、痛みのあまり半泣き状態でした。私は、助産師さんに促されるまま、部屋の奥にある分娩台までなんとか歩いていきました。いつの間にか、主治医とT医師もスタンバイしています。

いよいよ出産です。

ママも頑張るから、結衣も頑張って産まれてきて……生きて産まれてきて……。私は祈るような気持ちで、出産に臨みました。

陣痛促進剤を投与され始めてまだ間もないころ、おなかの痛みを訴える私に、T医師は言いました。

「本番の陣痛はそんなもんじゃないわよ。ドラマの出産シーン、あれはあながち嘘じゃないからね」

T医師の言うとおり、本番の陣痛はそんな甘いものではありませんでした。とにかく痛くて苦しい！　私は、助産師さんの指示に従って、懸命に深呼吸といきみを繰り返しました。

何度もいきみを繰り返すうちに、ようやく結衣の頭が出てきました。

先生に促されて手を伸ばします。私の手が結衣の髪の毛に触れました。もう少し、あと少しだ……。

医師と助産師さんらが一丸となり、

「結衣ちゃん来ーい！　頑張れ！」

と声をかけます。

私は渾身の力を込めて大きくいきみました。

結衣の身体が、私の体内からスルリと抜け出していく感覚。それと同時に、さっきまで私の身体を襲っていた凄まじい痛みが、徐々に治まっていきました。

……泣き声が聞こえない……。

「…………」

あたりは静寂に包まれます。

次の瞬間、

「可愛い女の子ですよー！」

と満面の笑みを浮かべた助産師さんが、私の枕元に結衣を連れてきてくれました。

結衣は大きなお目目をパチクリさせて、あたりをキョロキョロ見渡すようにしています。

私は感動で涙が止まりませんでした。

生きて産まれてきてくれた！　この子は奇跡を起こしてくれたんだ！

分娩室へと呼び戻された母が、

「ほらね、産んで良かったでしょ！」

と涙ながらに私に語りかけます。

母はこのつらい妊娠の最中、ずっと私とおなかの赤ちゃんのことを信じ続けてくれました。病気がわかって以降も「絶対大丈夫だから」と言って、励まし続けてくれたのです。

私は母の言葉に大きく「うん」と頷きました。


出産をするこの日までに、あらゆる覚悟を決めてきた私でしたが、ただひとつだけ心配なことがありました。それは、たくさんの病気を持つ我が子を実際に目にしたとき、心から可愛いと思えるのだろうか？　という不安でした。

生まれてきた我が子を目にするその瞬間まで、正直見るのが怖いと思っていた口唇口蓋裂。晴れて母となった私には、そんなことはどうでもいいと思えました。目にした我が子は、可愛い、愛おしい存在でしかありませんでした。母親というのは、こういうものなのか……。私の心は感動で満たされていました。


陣痛が始まってからわずか一時間半という驚異的な早さで生まれてきてくれた我が娘、結衣。その身体はとても小さく、体重一三〇四グラム、身長四〇センチでした。

私はこの小さな天使に、これまで以上の愛情を注ぎ込もうと、決意を新たにしたのでした。

夫の変化

夫とは一時期、離婚するだなんだと険悪になったりもしましたが、私が産休に入るころには、諦めにも似た境地に至ったのか、特に大きな争いごともなく、わりと平穏な夫婦関係に落ち着いていていました。

突然の破水から入院となった際も、夫にしてはとても冷静に対応してくれました。何かにつけ「面倒くさい」と口にする人ではありましたが、このときばかりは、とても協力的に動いてくれました。

遡《さかのぼ》ること出産の一日前、入院から二日目にあたるその日、夫は朝から夜遅い時間まで、ずっと私に付き添っていてくれました。途中、M看護師さんが顔を出してくれたこともあり、私も夫も過度な不安に陥ることなく、来る出産に集中することができました。

夫がここまで協力的になってくれたのは、看護師のMさんの献身的なサポートのお陰でした。Mさんは私たち夫婦の綻びを繕うかのごとく、常に適切に対処してくれました。私たちの話をいつも真摯に聞いてくださり、少しでも同じ目線に立とうとして、つらい心に寄り添ってくれました。

Mさんがいてくれなかったら、私たち夫婦の関係はもっと冷え切ったものとなっていたかもしれません。私も夫もMさんに対しては、絶大な信頼を寄せていました。

陣痛促進剤の投与を受けた際には、おなかの痛みを訴える私に、夫は、Mさんから教えてもらった陣痛緩和のためのマッサージを得意顔で施してくれました。彼なりに一生懸命私をサポートしようとしているのが伝わってきて、私は痛いおなかを抱えつつも、とても温かい気持ちで満たされていました。

そして出産当日。

朝の一〇時過ぎくらいまでには来ると言っていた夫は、予定時刻をだいぶ過ぎてから病院に到着しました。コンビニで買ったコーヒーを片手に、飄々《ひょうひょう》とした様子で現れた夫。それは、結衣が生まれて程なくしてのタイミングでした。

出産直前のバタバタも知らず、嵐がすべて過ぎ去ったあとの彼の登場は、いかにも夫らしい感じがして、私はその姿を見て思わず笑いが込み上げてきました。

その一方で、私は夫の反応がとても気がかりでした。結衣をちゃんと見て、心から受け入れてくれるだろうか。

助産師さんたちに促され、夫が結衣と私のもとへやってきました。私は、恐る恐る夫の表情をうかがいました。

大丈夫かな……と不安な私をよそに、夫は、結衣の姿を見た途端、顔を綻ばせ、少し照れくさそうに「お父さんだよー」と結衣に話しかけました。

その後、助産師さんの手を借りて、慣れない手つきで結衣を抱っこさせてもらった夫。

母が夫に話しかけます。

「自分の子は可愛いでしょ?」

「はい、可愛いですね」

と夫は素直に答えました。

その顔は、嬉しさと安堵感が入り混じったような、とても優しい父親の表情でした。私はその様子を見て、自分の心配は取り越し苦労だったとほっと胸を撫で下ろしました。そして、再び熱い涙が溢れてきました。

男というものは、我が子を抱いてから初めて父親になれる生き物だ。

こんな言葉を聞いたことがあったけれど、うちの夫も例外ではなかったということか。

私は、夫とようやく同じ場所に立てたような気持ちになりました。

しばらくすると、結衣は身体の状態をチェックするために新生児科へと連れていかれました。出産が無事に済み、幸福に包まれていた私たち。しかし、その瞬間、一気に現実へと引き戻されました。

部屋へとやってきた新生児科のS医師。医師によると、結衣は元気ではあるものの、少し出血傾向があり、今すぐ輸血する必要があるといいます。輸血するには、同意書にサインをしなければなりませんでした。

延命措置……出産前の話し合いが思い出されました。当時夫は、いかなる延命措置も望まないと話していました。あのとき出した結論に従えば、延命につながることは一切しないということになります。

私は恐る恐る夫の顔を見ました。彼の口からは、どんな言葉が飛び出してくるのだろうか？　私の心に緊張が走ります。

医師の問いかけに夫は、

「はい、（輸血を）してください。お願いします」

と間髪を入れず答えました。

私は、心の底から安堵しました。夫はようやく父親として目覚めてくれたと、確信できました。

夫は結衣を一目見たその瞬間から、彼女のすべてを受け入れてくれたのでした。これまでの争いごとがまるで嘘だったかのように……。私はそのとき、過去の夫のひどい言動のすべてを、潔く水に流すことを心に決めました。

出産直後の心境

夫の気持ちを知ることができ、ほっとしたのも束の間、私の心は不安でいっぱいになっていました。

「生きて産まれてこられたとしても、その日を生きられるかどうか……」

出産前にT医師から言われた言葉が、私の脳裏に浮かんできました。

生きて産まれてきてくれた喜びを噛みしめる一方で、結衣とのお別れのときは着実に近づいてきている……そう思ったら、気が狂いそうになりました。

とにかく、少しでも長く生きてもらいたい、一緒にいたい……。結衣ちゃん、頑張って！　せっかく会えたのに、すぐにお別れだなんて絶対に嫌だからね……。

　私の命を差し出すことで、この子の寿命が延ばせるのなら、私は喜んで自らの命を差し出したことでしょう。しかし、現実にはそんなことができるはずもなく……。結局私は、この子に何もしてあげることができない。私は自分の無力さを痛感しました。


　生まれてすぐの輸血、自分の無力さ……。出産直後の喜びから一転、少し沈みかけていた私の気分を変えてくれたのは、助産師さんからのこんな提案でした。

「もし良かったら、母乳を搾ってみませんか？」

　思ってもみない提案でした。結衣は口唇口蓋裂があるため、直接おっぱいを飲むことができません。そのため私は、結衣に母乳をあげることはない、すなわち自分のおっぱいから母乳を搾ることはないと勝手に思い込んでいたのです。

　おっぱいのケアもまったくしていないのに、母乳なんてちゃんと出るのかな……と、一抹の不安を覚えたものの、私はその提案をありがたく受け入れることにしました。

　助産師さんが私のおっぱいを軽くマッサージして乳首を搾ります。

……すると、何やら液体が出てきました。

母乳だ！　おっぱいが出た！

わずかに搾れた母乳を、助産師さんがこぼれないよう丁寧にシリンジに溜めていきます。量は少ないけれど、それは立派な私の初乳でした。

「あとで赤ちゃんのところへ持っていってあげましょうね」

と助産師さんが言います。

私は「はい」と元気に返事をしました。


分娩台の上で安静にしていなければならない二時間がようやく過ぎ、私たちはやっと結衣のいるＮＩＣＵ（新生児特定集中治療室）へと案内されました。

産後間もない私は車椅子に乗せられ、手には初乳の入ったシリンジを握りしめ、我が子のもとへと急ぎました。

生まれたときはすっぽんぽんだった結衣。今は保育器に入れられ、その身体にはたくさんのチューブがつながれています。

再会できた喜びと同時に、自分の子どもなのに自由に抱っこすることもできない現実。私は複雑な気持ちになりました。気を取り直して、持ってきた初乳を結衣にあげることにしました。看護師さんのサポートのもと、綿棒に初乳を染み込ませ、結衣の口元へと近づけます。

舐めてくれるかな？　という私の心配をよそに、結衣は綿棒をうまくしゃぶって、口をチュパチュパ動かしてくれました。

なんて可愛いのだろう……。ほんのわずかではあるけれど、結衣が私の初乳を口に含んでくれたことが、たまらなく嬉しく、沈みかけていた私の心は、少しだけ明るくなりました。


しかし、その一方で、厳しい現実があることに変わりはなく、S医師の説明によると、結衣の心臓には大きな穴が開いているとのことでした。病名は、ファロー四徴症《しちょうしょう》。

幸いだったのは、今のところ、すぐに命が危なくなるような状態ではなかったこと。とはいえ、決して楽観視できるような状態ではありませんでした。

けれど、せめて今夜くらいは余計なことを考えず、ただ結衣が生まれてきてくれたことだけを素直に喜び、幸せにどっぷりと浸っていたいと思いました。

自分のおなかから出てきた結衣に会えたときの感動は、言葉では言い表せません。下手に言葉にしたら、薄っぺらになる……。そんなふうにも思えました。

私はこの日、これまでの人生で経験したどんな出来事にもたとえることができないほどの、素晴らしい感動体験をさせてもらったのです。私の心は、娘に対する感謝の気持ちで満たされていました。

この日、私のもとには会社の上司や友人たち、そして姉からの労《ねぎら》いメールがたくさん届いていました。母によると、無事出産したという報告を受けた姉は、電話口で号泣していたといいます。

姉からのメールには、姉の友人や恩師からの「おめでとうメッセージ」も含まれていました。その中のひとつに、私は魅了されました。それは、私も以前お会いしたことのある、姉の恩師が贈ってくださった言葉でした。

おめでとうございます。
赤ちゃんは神の言葉を伝えに来た
天国からのお遣いです。

聴く力のある者のところにだけ
遣わされる使者！

クリスマスが近い今だから
強く感じます。

キリスト教っぽいメッセージに
なってしまいましたが、
何教、何宗でも同じこと。

皆さんと赤ちゃんの上に
神の大きな祝福が与えられるように
強く祈ります。

それは、そのときの私の心情に一番しっくりとくるメッセージでした。

結衣は何か大切なメッセージを伝えるために、頑張って生きて産まれてきてくれたんだと確信していた私の想いを、すべて汲み取ってくれたかのようなそのメッセージに、私は感動せずにはいられませんでした。

結衣の病気がわかって以降、さまざまな心の葛藤がありました。波瀾万丈すぎる展開に翻弄されてきた感は否めません。けれど、今こうして母となった私は、結衣を産んで本当に良かったと、胸を張って言うことができるようになっていました。たとえお別れの日が来ようとも、結衣を産んで良かったというこの想いだけは、今後絶対に変わることはないという強い確信を持っていました。

母となった一〇日間

出産から一夜が明けました。目覚めた瞬間から、私の頭は結衣のことでいっぱいになっていました。これまでの癖で、ついついおなかに話しかけてしまいそうになります。あっ、おなかにはもういないんだった……早くＮＩＣＵに行きたいな。私の心は朝から娘への愛で満たされていました。

この日以降、私はＮＩＣＵに通うために生きていると言っていいくらい、その生活は結衣中心のものとなっていきました。少しでも長く、結衣のそばにいたい……それは、母親として当然の想いでしょう。

しかし、ＮＩＣＵにはいつでも好きなときに行けるわけではありませんでした。面会可能な時間帯があらかじめ定められており、行く場合には、事前予約を入れなければならない決まりなのです。厳しい管理を求められる場所なので仕方ないとはいえ、限られた時間しか我が子に会えないことがとてももどかしく思えました。

会えない時間は、もっぱら母乳搾りの時間にあてました。その甲斐もあり、最初はなかなかうまく搾れなかった母乳も、退院するころには、だいぶ上手に搾れるようになっていました。

出産の三日後に退院となった私は、退院後も毎日病院へと足を運びました。産後間もない身体に、毎日の病院通いは決して楽なことではなかったものの、当時の私には、それを苦痛と感じる気持ちは一切ありませんでした。

とにかく結衣に会いたい、少しの時間でも一緒にいたい。一秒たりとも無駄にしたくない。そんな私の想いを汲み取り、手厚くサポートしてくれたのは、またしても病院の看護師さんたちでした。ＮＩＣＵで結衣を担当してくれた看護師のＡさんは、太陽のように明るく、思いやりに溢れ、とても頼りになる女性でした。Ｍ看護師さん同様、私はＡさんのことが一瞬で大好きになりました。

気づけば、この病院でお世話になった医療従事者は全員が全員、素晴らしい人柄の持ち主ばかりでした。今から思えば、結衣がそういう人たちを選んでいたのかもしれません。

Ａ看護師さんは常に私たち親の立場に立って、サポートすることを心がけてくれました。会えば、私たちが訪問できない時間帯の結衣の様子を逐一報告してくれたりもしました。そして、結衣との思い出をたくさん作れるよう、できることはなんでもさせてくれました。新米ママの私に、オムツの替え方を丁寧にレクチャーしてくれたのも彼女です。

そして何より嬉しかったことは、Ａさん自身が結衣のことを心から可愛がってくれたことでした。それは、結衣への接し方を見ていれば一目瞭然でした。親として、これほど嬉しいことはありません。私は結衣の担当がＡさんで良かったと心から思いました。

この時期の私は、毎日がとても充実しており、このままいけば、育休に突入できるかもしれない！　そんな期待すらしていました。それくらい、結衣の病状は安定しているかのように思えたのです。

季節は冬。気づけば、世間はクリスマス一色となっていました。今年はクリスマスどころではない……と思っていた私たちでしたが、そんな親心を察するかのようなイベントがNICUで開催されることになりました。それは、クリスマス撮影会でした。

撮影会といっても、赤ちゃんと親の双方がサンタ帽をかぶり、一緒に記念撮影をするという極めてシンプルなイベントです。けれど、NICUの中でしか我が子に会えない私たちからすると、とてもありがたい行事であることに違いありませんでした。

病院側が用意してくれたサンタ帽の大きさは大小さまざまで、NICUにいる赤ちゃんの状態が一様ではないということを如実に表しているかのようでした。

それほどバリエーション豊富なサンタ帽をもってしても、小さく生まれた我が子にとっては大きすぎて、サイズの合うものはありませんでした。

けれど、そのブカブカ具合がかえって可愛く思えたりもして……。Aさんに「可愛い！」と褒めちぎられながら、私たちは無事、親子三人ですてきな写真を撮ることができたのでした。

クリスマス撮影会が開催されたのは一二月二三日。結衣が生まれてから一週間が経とうとしていたころでした。結衣の病状は基本的には安定していたものの、実はそれまでに何度かヒヤッとさせられる出来事がありました。それは、自発呼吸の停止、つまり無呼吸でした。

結衣はたまに自発呼吸をやめてしまうことがあったのです。その都度、保育器につながれているアラームがけたたましく鳴り、看護師さんに処置を施してもらうと自発呼吸が戻ってくる……という状態でした。

ときには、看護師さんの処置だけでは呼吸が戻らず、医師が呼ばれることもありました。私は、こんな光景をこれまでに何度か目にしたことがありました。そういうとき、私たち親はその場で立ち尽くし、自分たちの無力さを嫌でも痛感させられるのです。


楽しかったクリスマス撮影会の翌日、結衣は少し苦しそうな様子で眠っていました。いつもなら、私が面会に行くとすぐに目を覚ましてくれるのに、この日はなかなか目を開けてくれませんでした。

看護師さんによると、午前中に何度か例の無呼吸があり、あまり具合が良くないとのこ

とでした。そのため、

「今日は保育器から出して抱っこするのはやめておきましょう」

と看護師さんに言われてしまいました。

結衣を抱っこできないなんて……。ＮＩＣＵに通い出してから初めてのことでした。肩を落とす私に、

「オムツ替えは一緒にやりましょう！」

と看護師さんが声をかけてくれました。

オムツ替えの最中も結衣は、苦しそうな様子を見せています。私は涙がこぼれ落ちそうになるのを必死にこらえました。泣いちゃダメだ……。そう思えば思うほど涙が溢れてきました。

しばらくすると、Ｓ医師が私のもとへと来て、結衣の病状について説明を始めました。

Ｓ医師によると、この日の未明あたりから、急に具合が悪くなり出したといいます。これと言って、何か大きな原因があるわけではないものの、無呼吸の発生から、自発呼吸の回復までにかなりの時間を要するようになってきているとのことでした。

楽しかった前日との落差が、鋭い刃物のように私の心に突き刺さります。この日は自宅

へ戻ってからも、心が落ち着くことはありませんでした。

私はただひたすらに、結衣ちゃん、しっかり呼吸して！　お願いだからゆっくり深呼吸して！　呼吸するのをやめないで！　と、天に向かって祈ることしかできませんでした。

奇跡

ざわざわした心のまま迎えた翌日、私はこの日初めて、ＮＩＣＵに行くのが怖いと感じていました。

「今日は調子が良さそうですよ！」

看護師さんからのそんな言葉を期待していた私の目に飛び込んできたのは、とてもつらそうな表情を浮かべる結衣の姿でした。

この日の結衣は全身土色で、目は閉じられたまま。身体を動かすこともほとんどありませんでした。私は、保育器に覆いかぶさるようにして、結衣にたくさん話しかけました。

娘を励ます一方で、私の頭の中では、こんな想いがグルグルと駆け巡っていました。

もう、厳しいかもしれない……。いよいよ覚悟しなければならないときなのかもしれない……。

いつかこんな日が来るのは最初からわかっていたこととはいえ、現実にそのときが来ると、途端に人はうろたえてしまうものです。うなだれる私のもとへS医師が来て言いました。

「もしかすると、今夜あたりが山場かもしれません……」

それは、私が一番恐れていた言葉でした。

非常に重たい空気が支配する中、看護師さんが言いました。

「抱っこしますか？」

私は思わず、

「いいんですか？」

と聞き返しました。

「ぜひ、抱っこしてあげてください」

看護師さんのその言葉の意味するところを考えると、とても複雑な気持ちになったものの、私は結衣をこの手で抱きしめてあげたいと強く思いました。

支度を整え、私のもとへとやってきた結衣。私は、まるでガラス細工を扱うかのように、娘をそっと抱き寄せました。するとそのとき、奇跡が起こりました。

ほんの数分前まで、今にも力尽きてしまいそうな様子を見せていた結衣。それが、私が抱っこした途端、土色だった顔はみるみるうちにピンク色となり、虚ろだった目を大きく見開き、呼吸も安定したのです。これには、周りの看護師さんたちも皆一様に驚いていました。

結衣を心配して駆けつけてくれた看護師長さんが、

「やっぱりママが一番なんだね。ママのことがわかるんだね」

と感慨深げに言いました。

私は、こんな頑張りを見せてくれる娘の健気さを、心底誇らしく思いました。なんて親孝行な娘なのだろうか……。結衣ちゃん、本当によく頑張っているね。ママのために、ありがとう……。

結衣は私に、

「ママ、シャッターチャンスだよ！」

と言わんばかりに、大きなお目目をぱっちりと開け、私に最高の表情をたくさん見せてくれました。私はそれに応えるように、何枚も何枚もシャッターを切りました。

その日私は、面会終了時間ギリギリまで結衣を抱っこし続けました。私に抱かれている間、終始結衣は穏やかな表情を見せていました。

無情にも面会時間はもうすぐ終わってしまいます。後ろ髪を引かれる想いで、結衣を看護師さんに託します。保育器に戻っていく結衣。とても名残惜しい気持ちでいっぱいでした。

そうだ！　今日は夜の時間も面会に来よう。

会社勤めの人を考慮してか、ＮＩＣＵでは夜の時間帯にも面会時間を設けていました。

私は一旦自宅へ戻り、夫の帰りを待つことにしました。帰宅した夫に、結衣の病状を説明します。

「最悪、今夜が山場になるかもしれない」

私の言葉を聞いた夫は、なんの迷いもなく、夜の面会に一緒に行くと言ってくれました。

私は念のため、実家の母にも連絡を入れておきました。これまでも、母には事あるごとに結衣の様子を電話で知らせていました。

「結衣ちゃん、元気かい？」

この日も母は、いつものように結衣の状態を心配して尋ねてきました。私は一瞬言葉に詰まり、溢れ出る涙を必死でこらえつつ、声を絞り出して言いました。

「……あのね、結衣ちゃんね、あんまり良くないんだよね……。もしかしたら、今夜あたりが山場になるかもしれない」

するとと母は、

「……いつか、こういう報告を聞かなければならないときが来るだろうと、覚悟はしていたけれど……」

と力なく答えました。

母は明日、自身の通院のため、近くに来る予定があるといいます。病院の予約は午前中なので、午後からの結衣の面会に一緒に行きたいと申し出てくれました。私は母との待ち合わせ時間と場所を決め、夜の面会へ向かうために電話を切りました。


夜の時間帯のNICUは、昼間と違って看護師さんの数も、面会に来ている親の数もグッと減ります。いつもと違う雰囲気も手伝って、重苦しい気持ちに拍車がかかります。しかし、数少ないスタッフの中にA看護師さんの姿を見つけたときには、その重たい心が少し軽くなるのを感じました。

結衣の様子は、それほど悪いようには見えなかったものの、相変わらず苦しそうにしていることに変わりはありませんでした。私と夫は、順番に保育器の中に手を入れ、結衣の頭を撫でながらたくさん話しかけました。

この時間帯は、スタッフの数が少ないこともあり、直接抱っこをすることができません。そのため、私と夫は、何度も何度も代わる代わる結衣の保育器に手を入れ、頭を撫でつつ、娘を励まし続けました。

容態は少し安定しているのかな？　そんなことを考えていた次の瞬間、結衣の心拍数が急に下がり始めました。保育器のアラームが鳴り響き、駆けつけたA看護師さんが処置を施します。何もできない私と夫は、保育器から少し離れた場所で立ち尽くし、祈るような気持ちで事態を見守っていました。

つい数日前にも同じような光景に出くわしていた私でしたが、この日の無呼吸は、そのときよりもだいぶ長いように思われました。A看護師さんがS医師を呼び出します。アラームが鳴り出してから、ずいぶんと長い時間が経っていました。

もしかして、このまま……嫌な予感が私の脳裏に浮かびます。何もできない私たちは、ただただその様子を見守り、祈ることしかできませんでした。

もう無理なのか……そんな絶望的な気持ちにのみ込まれそうになったとき、ようやく結衣は自発呼吸を取り戻してくれました。

A看護師さんは、

「パパ、ママごめんね。ビックリしたよね……。すぐに戻ってこられるときもあるんだけどね、本当にごめんね」

と言い、私たちを気遣ってくれました。

私と夫は顔を見合わせ、お互いなんとも言えないような表情を浮かべていました。結衣はその後、落ち着きを取り戻し、静かに眠りにつきました。この日、私たちは夜の九時半過ぎまで病院にいました。

「また明日来るからね！　お祖母《ばあ》ちゃんと一緒に来るからね！」

結衣にそう話しかけ、私たちは病院をあとにしました。

別れのとき

夜が明けました。

夜中に緊急の連絡がなかったことに、ひとまず安堵した私たち。午後の面会に向けて、それぞれが黙々と準備を進めていきました。

予定どおり到着した母とともに、私たち三人は病院に向かいました。重たい空気が自ずと私たちを無口にさせます。

ＮＩＣＵの入り口まで来て結衣の保育器のある場所に目をやると、そこには、背の高いパーティションが置かれていました。もちろん、前日まではなかったものです。

その光景から、いかに結衣の状態が良くないか、容易に想像がつきました。私たちは恐る恐る結衣の保育器に近づいていきました。

結衣の容態は、昨夜よりもさらに悪化しているように見えました。その目は虚ろで、焦点も定まりません。

私たちの姿を確認したＳ医師がすぐさま近づいてきて、状況説明をしてくれました。その説明によると、朝からかなりの回数の無呼吸が発生している状態とのことでした。

医師と話をしている最中にも、結衣の心拍は下がり、アラーム音が鳴り響きます。Ｓ医師により処置を施される結衣。

いつか覚悟を決めなければならない日がやってくる……。それは、結衣の病気が判明したときからわかっていたことではありました。

けれど、いざ**「そのとき」**を迎えた私は、なかなかその覚悟を決められず、大きくうろたえてばかりいました。

嫌だ……。お別れするなんて嫌だ……。私だけではなく夫も母も同じ想いでした。

そんな中、S医師が私に、結衣を抱っこしてもいいと言いました。こんな状態での抱っこ許可……それはつまり、最期のお別れを意味していました。結衣の命は、いつ果ててしまってもおかしくない状態だったのです。

私は覚悟を決められないまま結衣を優しく抱っこしました。そばに夫と母が寄り添います。いつの間にか、入院時からお世話になっていた心理士のNさんが駆けつけてきてくれていました。

結衣は私に抱かれている間も、幾度となく呼吸が停止しそうになり、その都度、医師による蘇生処置を施されているような状態でした。

娘のとても苦しそうな様子を見て、夫が医師に尋ねました。

「この処置をされているとき、結衣は苦しいんでしょうか?」

S医師は、

「そうですね……。本人は苦しいですね……」

と答えました。

その言葉を聞いて、いつまでもこの処置を続けるわけにはいかないということを私たちは理解しました。

結衣を苦しみから解放してあげる……。

ついに**「覚悟」**を決めるときがやってきてしまったということなのか。いつかのタイミングで、もうこの処置を終わりにしなければならないと、私たちは悟りました。

S医師が言います。

「お父さんも抱っこされますか?」

「はい」

夫に抱かれた結衣は、最後の力を振り絞るかのように、大きく目を見開いて夫の顔を凝視しました。その瞳は、必死に何かを訴えているように見えました。

夫は結衣の想いを受け取ったのか、顔を見つめながら「うん、うん」と何度も頷いていました。

「お祖母《ばあ》ちゃんもどうぞ」

とS医師が言いました。

NICUでは両親以外、赤ちゃんを抱っこすることはできません。そんなルールを知っ

ていた母は、一瞬戸惑ったものの、

「えっ？　いいんですか？」

と言って、小さな結衣を慣れない手つきで抱っこしました。その目にはたくさんの涙が浮かんでいました。

母はS医師に、

「たとえば、心臓移植とかできればこの子は生きられるのでしょうか。なんとかして生きられる方法はないのでしょうか」

と尋ねました。

それに対してS医師は、

「確かに心臓は移植することはできますが、結衣ちゃんは、延髄という生命の根幹にかかわる部分にも問題があり……。延髄自体は移植することができませんからね……」

と、丁寧に質問に答えてくれました。

この子が元気に生きられる方法があるのなら、私たちは、なんの迷いもなくその道を突き進んでいたことでしょう。けれど、結衣にその道はありませんでした。もしかすると、結衣はあえてその道を用意してこなかったのかもしれません。

ＮＩＣＵに来てから一時間半以上が経過していました。結衣の身体は、とうに限界を迎えていました。結衣は持てる力以上に頑張ってくれていました。

これ以上、頑張らせるのは、親のエゴのような気がする……もうこれ以上、結衣に苦しい思いはさせたくないと思いました。

とうとう苦渋の決断をしなければならないときが来てしまったのです。

ここまで来たら、あとはもう、なるべく結衣が苦しくないように、そして、私の腕の中で……。

結衣は頑張ってくれました。十分すぎるくらい頑張ってくれました。そんな結衣に、もっと頑張れとは言えませんでした。

再び、私が結衣を抱っこしました。私は愛おしい我が子の顔を目に焼き付けるように見つめました。

そのときでした。

えっ？　……笑った？

私は自分の目を疑いました。なぜなら、結衣が笑ったように見えたからです。信じ難い思いに駆られる私に、再び結衣は笑顔を見せました。

とっても苦しいはずなのに、笑ってくれた。それも二回も笑ってくれた……。

私は思わず、

「えっ？　結衣、今、笑った……？」

と声を洩らしました。

「結衣ちゃん、笑ったね」

とその様子を見ていた心理士のNさんが言いました。夫も結衣が笑うのを目にしていたようでした。

次の瞬間、結衣の心拍は徐々に下がっていきました。

まるで役目を終えたかのように。

心が引き裂かれるほどつらかったけれど、蘇生処置は見送ることにしました。私は泣きながら結衣に最後の言葉をかけました。

「結衣ちゃん、生まれてきてくれてありがとうね。ママのおなかにきてくれてありがとうね。ママは結衣のママになれて幸せだったよ。本当にありがとうね。結衣ちゃん、ありがとうね。結衣ちゃん、またママのおなかに戻ってきてね。お願いだから、またママを選んで帰ってきてね。結衣ちゃん、結衣ちゃん……ありがとう。私をママにしてくれてありがとう……」

モニターに映る、結衣の心拍。その他の数値がすべて「0」を表示しました。最後の最後まで、私の目をじっと見つめながら……とても安らかな顔をして……。

結衣は私の腕の中で、静かに眠るようにして旅立っていきました。

私は結衣を思い切り抱きしめ、声を上げて泣きました。

このあと私たちは、M看護師さんのサポートのもと、結衣の手形・足型を取ったり、最初で最後の沐浴をさせてもらったり……と、娘との最後の思い出作りの時間を過ごしました。このときの病院側の温かな対応には、感謝しかありません。

最後は、病院の地下にある霊安室に移動し、簡易的なお別れの儀が執り行われました。そこには、結衣を取り上げてくれたT医師の姿もありました。

お別れの儀のあと、病院から直接自宅に戻るという母は、一足先に電車で帰宅。私と夫は、病院が手配してくれたタクシーに乗り、お世話になった医師、看護師さんらに見送られながら、病院をあとにしました。時間はいつの間にか夜の八時を回っていました。

病院を去るときの気持ちは、とてつもなく複雑なものでした。ひとつのことが終息していく感覚とでも言えばいいのでしょうか……。なんとも言えない、寂しい感情に襲われました。

明日から、もうこの病院に来ることはないのか……。大切な娘を腕に抱きながら、私は抜け殻のような状態で自宅へと帰っていきました。

つらい気持ちに鞭打って

眠っているようにしか見えない結衣を連れ、私たちは自宅へと戻ってきました。結衣にとっては初めてのお家です。ようやく結衣を連れて帰ってこられたという気持ちと、生きているうちに連れてきてあげたかったという想いが複雑に交錯します。

そんな重たい空気を纏《まと》った私たちを救ってくれたのは、愛犬のルリでした。一人でお留守番をしていたルリは、私たちの帰宅に大喜び！　そして、私が赤ちゃんを抱いていることに気がつくと、

「一緒に遊ぼう！」

とでも言っているかのように、尻尾をブンブン振りながら結衣をのぞき込み、クンクンと匂いを嗅いで回ります。ルリは私と結衣を交互に見ながら、その瞳をキラキラと輝かせていました。ルリのこの場違いなハイテンションに、私たちはずいぶんと助けられました。

本音を言えば、このまま結衣を囲んで何もせずに、ただぼーっとしていたい……。そんな心境だった私たちでしたが、どうしてもやらなければならないことがありました。それは、葬儀社の選定作業でした。

結衣が亡くなり、控え室で待機していたとき、M看護師さんが葬儀社の選定に関することや必要となる事務手続きなどについて、詳しく説明してくれていました。

Mさんは、

「一応、病院からは提携している葬儀社を紹介するけど、そこにお願いしなきゃいけないというわけではないからね」

と言い、ネットで調べることをすすめてくれました。夫は自ら葬儀社の選定作業を買って出てくれました。親の葬儀も経験していない私たち。夫にとっては、人生初の喪主を務めるのが娘の葬儀ということになります。私はなんだかいたたまれない気持ちになりました。

夫は、つい数時間前、病院の控え室で結衣を抱きながら「俺は、結衣に何もしてあげられなかった」と言い、号泣していました。私は、夫があんなにも涙する姿を、これまで見たことがありませんでした。

きっと夫は、結衣の葬儀くらいは自分がきちんと仕切らなければ……と思っていたのかもしれません。夫主導のもと葬儀社の選定、および、火葬の日程調整が行われました。結果、火葬は明後日の早朝に決まりました。明後日ということは、今日と明日の二日間は結衣と一緒に眠ることができる……。

「今夜は結衣ちゃんを真ん中に、川の字で寝てあげてください」

看護師長さんが最後にかけてくれた言葉を思い出しました。今日はルリも含めて、家族みんなで一緒に眠ろう。疲れ果てた心と身体を少しでも休めよう。私たちはこの日初めて、家族水入らずの時間を過ごしました。

ほぼ眠れなかったような状態で迎えた翌朝。私と夫の間には、冷たくなった結衣がいました。私は結衣を抱きしめ、その小さな頬にキスをしました。

気力が落ちるってこういう状態のことを言うのだろうか……。そんなことをぼんやりと考えながら、何もする気になれないでいました。

いつもなら、病院に行くための準備に忙しい時間です。けれど、今日からはもう、その必要はなくなってしまった……。ぼんやりと曇った私たちの心とは裏腹に、この日のお天気は快晴でした。

私たちだけが世間から取り残されているような感覚。けれど、その日差しは暖かく、私たちに「ベランダへ出ておいでよ!」と誘っているかのようでした。そう言えば、結衣は生まれてから一度も外に出たことはなかったんだよな……。

私は夫に言いました。

「ねぇ、結衣ちゃんと日向ぼっこしようか」

私の提案に二つ返事で応える夫。

私たちはベランダに出て、暖かい太陽の光を身体いっぱいに浴びました。結衣を抱っこして椅子に腰かける私を、夫がビデオで撮影します。

「結衣ちゃん、気持ちいいね!」

私は結衣に笑顔で話しかけました。

このとき結衣は確かに亡くなっていたけれど、その魂はまだ近くにあるように思えました。私は、この日浴びた太陽の温かい感触を今でもずっと覚えています。

火葬の日

結衣の火葬は、夫の両親と私の両親、それに私の姉兄だけを呼び、会食なども行わない、いたってシンプルな形式で執り行うこととしました。

迎えた火葬当日の朝。

一般的に赤ちゃんの火葬は、朝一の時間帯に行われます。二回目以降の火葬となると、焼き場の温度が高すぎて御骨を残せなくなってしまうから……というのがその理由です。

朝早くに我が家にやってきた葬儀社の担当者は、用意してきた棺が、少し大きすぎたことを恐縮していました。それは確かに二、三歳の子どもが入れるくらいの大きさでした。私たちは、その少し大きすぎる棺に、そっと結衣を寝かせました。

結衣の身体は、とても可愛いセレモニードレスに包まれていました。このドレスは私の母が、まだ結衣の病気がわかる前に、孫への最初のプレゼントとして買ってくれていたものでした。そのドレスを纏《まと》った娘の姿は天使そのもの。表情はまるで仏様のように、とても穏やかなものでした。

棺の中には、結衣が天国でおなかを空かせないようにと、病院に持っていく予定だった私の母乳を詰めた母乳バッグをたくさん入れてあげました。ほかには、クリスマス撮影会の際に、夫と二人で結衣に送ったメッセージカード、病院の看護師さんが折ってくれた折り鶴など。数は決して多くはなかったけれど、それらは結衣との思い出が詰まった大切な品々ばかりでした。

葬儀社の車で火葬場へと向かった私たち。ほかの親族とは、現地で待ち合わせる手筈となっていました。

全員が予定どおりに揃いました。正直、このときの記憶はあまり残っていません。ただ、強烈につらかったということだけは、今でも私の心に深く刻み込まれています。

たとえるならば、自分自身の身体の一部を引き裂かれ、絶対に取りに行けない、恐ろしく遠い場所へと持ち去られてしまったかのような感覚……。

棺の蓋が閉じられ、焼き場へと出棺されていくときの光景は、思い出すだけで胸が苦しくなります。ひとつ言えることは、もう二度とこんな想いは味わいたくない……ということです。大切な我が子が、自分よりも先に亡くなる……。こんなつらい想いは、誰にも味わってほしくないと思いました。

御骨となった結衣を連れ、私たちは自宅へと戻ってきました。ほんの少し前に、おなかを痛めて産んだばかりの我が子です。今は御骨となり、骨壺に納められています。

私たち夫婦は、早すぎる現実世界の流れについていけないまま、世の中は年末年始。新しい年を迎える準備に皆が勤しむ中、私たちには、年末も年始もありませんでした。

火葬を終えてからの約一週間、私たちは二人とも、まるで抜け殻のような状態となっていました。結婚して四年。こんなにも長い間、家事をしなかったことはありませんでした。この間、いったい何を食べていたのか？　お風呂にはちゃんと入っていたのか？　掃除・洗濯はどうしていたのか？　細かなことはまったく記憶に残っていません。

それでも、当時の状況を紐解く鍵がひとつだけ残っていました。それは、結衣の火葬を終えたわずか三日後から書き始めていたブログの存在でした。この本を書くために、数年ぶりに当時のブログを開いてみて、こんなに早い時期からブログを書き始めていたとは……と、この私自身が一番驚かされました。

当時の私は、娘の生きた証を残したい！　という熱い想いに突き動かされるがまま、無我夢中で自分の身に起きた出来事を事細かくブログに記録していたのです。今こうして本を綴ることができるのも、その記録があったお陰であることは間違いありません。

ただ、いくら思い返してみても、どんな状況でブログを書いていたのか、当時の細かなことまでは、まったく思い出すことができないのです。

きっと、ブログに結衣の記録を残すことで、どうにか心のバランスを保っていたのだろうと思います。悲しみに暮れつつも、なんとか前を向いて歩いていかなくては……と、必死だったのだろうと思います。

第五章　産後の厳しい現実

復　職

二〇一五年を迎えてから数週間が過ぎていました。火葬が終わってからの抜け殻状態はいまだ続いていたものの、一方で、いつまでもこんな状態ではいられない現実があることもまた事実でした。

産後休業は出産の翌日から五六日間取得することができます。通常であれば、それに引き続いて育児休業が取得できるわけですが、私の場合は、産後休業が明けるタイミングで復職をしなければなりませんでした。

計算してみると、復職日は二月一二日でした。休みを延長しようと思えばできなくもない状況ではありましたが、悩んだ挙げ句、私はあえてその道を選択しませんでした。それは、その日付が結衣の四十九日の日付と完全に一致していたからです。

私にはこの一致が単なる偶然の産物とは思えませんでした。娘を授かって以降、不思議なことがたくさんありました。私はこれまでの経験から、これはきっと結衣からの「ママ、お仕事に行きなさい！」というメッセージなのではないかと解釈したのです。

娘に背中を押されたという想いもあり、私は早々に復職することを決意しました。この決断には、私の周囲の人たちも皆一様に賛成してくれました。一人自宅にこもっていても、悲しい想いにばかり浸ってしまう恐れがあります。それならば、いっそのこと気持ちを紛らわせるという意味でも、早めに社会復帰した方が良いと判断した結果でもありました。


ごく一般的な感覚に従えば、私のような経験をした人は、自分の身に起きたことの詳細をあまり語りたがらないのが普通だと思います。しかしこのときの私は、一般的な感覚には収まりきらない、心の底から湧き上がってくるような熱い気持ちがありました。

復職に際し、私は、結衣のことを同僚のみんなにも知ってもらいたいと考えたのです。

復職した日の朝に開催されたグループミーティングの場で、私は復帰の挨拶とともに、結衣の話を少しだけさせてもらいました。

プライベートなことを職場で話すことに対し、否定的な意見を持つ方もいるかもしれませんが、私の場合は、会社の同僚と良好な関係を築けていたこともあり、このような対応を取ることができたと考えています。

娘にまつわる一連の出来事は、何も知らない人からしたら、単なる不幸話で片付けられてしまうものでしょう。

けれど、私にとって娘の話はタブーではありませんでした。むしろ、その話に触れられないことの方が、娘の存在を蔑《ないがし》ろにされたかのような気持ちになり、ずっと不快だったのです。

私はかわいそうな人なんかじゃない！

結衣はかわいそうな子なんかじゃない！

そんな熱い想いが私の中にありました。

このときの私の取った行動は、職場の人間関係が良好だったからこそ成し得たことであり、私と同じような経験をした人に対し、同じ行動を取ることをおすすめしているわけではありません。大切にすべきは、自分の気持ちと職場の空気感です。

改めて、当時の同僚には、私の想いを受け止めてくれたことに感謝の意を表したいと思います。

私は復職に際し、心のよりどころにできそうなアイテムをあらかじめひとつ用意していました。それは、写真が入れられるロケットペンダントでした。結衣が亡くなる日の前日に撮った思い出の写真。その中から厳選した一枚をペンダントに入れ、常に首からぶら下げるようにしていたのです。仕事中に突然襲ってくる虚無感。このどうにもならない感情に対処するために用意したペンダントは、私の心の安定剤のような役割を果たしてくれました。

寂しさを感じる一方で、私には、いつもそばに結衣がいてくれるような感覚がありました。会社の友人の一人は、私の周りに「ピンク色のオーラを感じる……」と言ってくれたほどです。私は娘に見守られながら、少しずつ妊娠前の生活を取り戻していきました。

出産後の体調

出産後の私を悩ませたもの、それは人生史上最悪の**「便秘」**でした。もともと便秘体質だった私は、妊娠中も酸化マグネシウムを処方してもらっていたのですが、産後に見舞われた便秘は、そんな生易しい薬ではまったく効かず……。かなり効果が強めのお薬をもってしても大して効果が出ないくらい、とても苦しめられました。火葬後の不摂生な生活が影響していた可能性も否定できませんでした。

私は薬に頼りつつも食生活を改善することで、根本的な体質改善を図れるよう、日々の生活を徐々に改めていきました。

便秘と並んで私を悩ませたこと、それは、一向に減らない体重でした。私は、小さな赤ちゃんを産んだにもかかわらず、もとの体重より一〇キロも増量してしまっていたのです。

本来ならば、母乳育児をしていくうちに自然と体重も減っていくもののようですが、私の場合は、おっぱいをあげるべき子どもが天国に帰ってしまったため、母乳によるダイエットはかなわない事態となっていました。

妊娠前、それなりに筋肉があったおなかは、見事なダルダル状態に……。筋トレをしようにも筋肉が完全に落ちてしまっていたこともあり、まともに腹筋すらできないほど体力が落ちていました。これまでの洋服が着られなくなったいらだちもあり、妊娠・出産による体形の変化は、当時の私にとって、大きなストレス要因のひとつとなっていました。

体形の変化に次いで大きなストレス要因となったこと、それは**「月のもの」**が止まってしまい、復活する兆しがまったくなかったことでした。産後の悪露《おろ》は一ヵ月半ほどで終わったものの、その後、数ヵ月経っても生理が再開しない状態が続いていました。

いまだ搾れば出る状態にあった母乳を止め、生理を再開させる薬を処方してもらうことも可能ではありましたが、私としては、次の妊娠を強く希望していたこともあり、余計な薬は一切使いたくないという想いがありました。私は焦る気持ちを抱えつつも、自分の身体を信じることにしました。

当時の私は、もう一度妊娠することだけを目標に生きていたといっても過言ではありませんでした。再び妊娠することが絶対的な**「幸せ」**に通じることだと、本気で信じていたのです。

あの子の魂は、再び私のおなかに戻ってきてくれる。そう信じて疑いませんでした。信じていないと心が壊れてしまいそうだったと言った方がいいかもしれません。

そんな精神状態だった私にとって、生理が再開しないことは、まさに死活問題でした。おまけに高齢出産の現実が重くのし掛かってきます。このときすでに、私は三八歳。一日も早く再び妊娠できることだけを願って、毎日を生きていました。

結局、生理が再開したのは、出産から約五ヵ月が経ったころでした。生理が来ることをこれほどまでに待ち侘びたことは、後にも先にもありません。生理が戻ってきたこの日、私はまるで再び妊娠でもしたかのように喜びました。

これでやっと妊活がスタートできる！　こうして私は、この先にある明るい未来だけをただ信じて、妊活へと歩みを進めていくことになりました。

妊活スタート

既述のとおり、私は結衣を自然妊娠で授かりました。それも、適当に合わせたタイミングで妊娠できたという経験から、妊娠に対して、少し甘く考えている節がありました。妊活を始めた当初、私は、今回も排卵日に合わせてタイミングを計りさえすれば、妊娠できるものと強く信じていたのです。

しかし、現実は厳しいものでした。

私はもともと生理周期が長く、三五日から四〇日ということもザラにありました。周期は長いものの、毎月きちんと来ていたこともあり、これまであまり気にかけたことはありませんでした。でも、いざ本格的に妊活をするようになってからは、自分の身体の状態があまり良くないのではないか、と疑心暗鬼になったのです。

それというのも、この妊活を機に記録し始めた基礎体温は、見事にガッタガタ。見本のグラフとはほど遠い状態でした。結衣を妊娠する前には、基礎体温など測ったことすらなかったため、妊娠前の自分の身体と比較することもできません。私はそれまでの自分の身体への無関心を深く反省し、激しく後悔をするようになりました。

産後健診に病院に行った際、T医師から、

「次にお子さんを考えるときには、ぜひ一度受診してください」

と言われていたことを思い出した私は、生理が再開してしばらくしてから病院を受診することにしました。

約七ヵ月ぶりに再会したT医師による内診。子宮も卵巣もとてもきれいな状態だと言われ、ほっとしました。また、長い生理周期についても、「定期的に生理がきているのであれば、それほど問題ではない」とも言われました。

T医師からのお墨付きをもらえたこともあり、私の妊活はいよいよ本格化していきました。排卵検査薬を大量に買ったり、基礎体温を安定させるためにと高いサプリメントに手を出してみたり、漢方薬局の門を叩いてみたり……。思いつくものは手当たり次第試しました。夫も妊活に対して協力的だったこともあり、きっとすぐに良い結果が得られるだろうと高を括っていたのです。

けれど、現実はそんなに甘くありませんでした。基礎体温表を基に排卵検査薬を駆使し、毎月タイミングを計るも、空振りが続きます。ときには、無排卵と思しき月もありました。貴重なチャンスを逃したという思いが、私の心を締めつけます。

とにかく妊娠したい！　焦れば焦るほど空回りしていきました。そして、その怒りの矛先は過去の自分にも向けられていきました。

なぜ私はもっと早くに赤ちゃんを作ろうとしなかったのだろう？　なぜ妊娠についてもっと真剣に考えなかったのだろう？　卵子が老化するとか、そんなこと学校で教わったっけ？　知っていたら、もっと早くに妊活をしていたかもしれないのに……。

後悔先に立たず、とはまさにこのことです。

不妊治療に通うことも考えないわけではありませんでしたが、結衣の経験が私を治療から遠ざけていました。

これはあくまでも私の個人的な考えですが、もし万が一、次の妊娠でも同じような事態に見舞われた場合、それが不妊治療の末のことだったとしたら、心のダメージだけでなく、多大な金銭的ダメージも負うことになります。もしも、そんなことになったら、私は二度と立ち直れなくなる……。当時の私はそのように考えていました。

また、不妊治療というものがいささかビジネス化しているようにも感じられ、私のような患者は、医者にとってはカモにしか見えないのだろうな……という複雑な想いもあり、どうしても治療に踏み切ることができなかったのです。

自己流のタイミング法だろうと、不妊治療に通っていようと、いずれにしろ、妊活をしている人の心は非常に繊細で不安定なものです。

この気持ちは、やったことがある人でないとわからないものだと思います。

生理が来たら負け……という、〇《ゼロ》か一〇〇かの勝負を毎月繰り広げている妊活女性というのは、よほどの不屈の精神でもない限り、その心を平静に保つのが難しくなってしまうのです。

私の心も例外ではなく**「負け」**が嵩《かさ》むごとに、どんどん心は蝕《むしば》まれていきました。

ドス黒い心

物事がうまくいかないときというのは、すべてのことがマイナス方向へと引き寄せられていくものです。こういうときこそ、人間の本性が現れるようにも思います。そういう意味では、当時の私は、見事なまでにドス黒い心に支配されてしまっていました。今となっては、まだまだ未熟者だった……と言わざるを得ません。

当時の私の心を大きく揺さぶっていたもののひとつに、他人の妊娠・出産というものがありました。特に、聞きたくもない芸能人の妊娠・出産関連のニュースには、いつもいらだちを覚えていました。

その芸能人が若い人であれば自分の年齢を憂い、高齢出産の芸能人であれば、なかなか妊娠できない自分と比較して、落ち込んでしまう……。心はドス黒くなる一方でした。

なんで私は妊娠できないのだろう？　極めてシンプルな疑問でありながら、答えの出ない問いかけでもあります。

こういう精神状態のときに限って、なぜか身近で「おめでた報告」がありました。それも立て続けに二人から……。そのうちの一人は授かり婚。いずれも、夫の古くからの友人でした。彼らとは私自身も仲良くさせてもらっていたのですが、それぞれのご家庭にお子さんが誕生してからは、徐々に疎遠となってしまいました。

私としては、生まれたばかりの赤ちゃんの姿を目にすること自体がつらく、素直に「おめでとう」の気持ちを伝えることができなかったのです。それにプラスして、彼らのパートナーがいずれも私よりだいぶ年齢が若かったという事実が、私の心を大きく乱すことにもつながりました。

若いから簡単に妊娠できたんだ……そんな短絡的な考えが私の頭の中を支配しました。若い人だって全員が簡単に妊娠できるわけではありません。中には苦労して妊娠に至った人もいることでしょう。それに、妊娠・出産は奇跡の連続で成り立っている。このことは、結衣の経験を通じて誰よりも私自身が理解していることでした。それなのに、目の前に「妊娠できた人」が現れると、複雑なドロドロとした感情の方が勝ってしまう……。そんな自分のことを誰よりも蔑《さげす》み嫌っていたのは、ほかでもない私自身でした。

結衣を亡くして、まだ一年も経たない時期の出来事です。素直に「おめでとう」が言えない自分も嫌だったけれど、当時の私に、そんな心の余裕を持てというのはあまりに酷な話でもありました。今となっては、あのときの対応は申し訳なかったけれど、致し方なかったとも思っています。

そんな私にとって、ただひとつだけ、心のよりどころにできる場所がありました。それは先にも触れた「**ブログ**」でした。そのブログには、自ずと同じような経験をした方たちが集まってきました。ブログを通じて知り合った、つらい経験を共有できるママさんたちとの交流は、私の心の傷をいつも癒やしてくれました。

私のように新生児死を経験した人や流産、死産を経験した人のことを「**天使ママ**」と呼びます。そんな呼称があることを知ったのは、当然ながら、娘を亡くしたあとのことでした。知った当時は、なんとなく「**その世界**」の一員となることに否定的な想いが強かった私でしたが、ブログを通じて知り合った天使ママさんたちと心の交流を重ねるうちに、そんな想いはどこかに消えていきました。

どうしたって、当事者にしかわからない世界があります。天使ママ同士の触れ合いを傷の舐め合いと揶揄《やゆ》する人もいるようですが、そういうことを言える人は、著しく想像力に欠ける人だと私は思っています。誰だって、元気な赤ちゃんを授かりたいと願っていますけれど、中にはその願いが叶わなかった人たちがいるのです……。

天使ママにとって、最大の慰めは、次に子どもを授かることです。うまくいかない妊活で心が真っ黒になっていた私でさえも、天使ママの妊娠に対してだけは心が寛容でいられました。心からの「おめでとう」が言えました。

それはきっと、「私もあとに続きたい！」という験《げん》担ぎ的な想いもあったのかもしれません。

自分へのダメ出し

妊活を始めてから五ヵ月くらいが経ったころのこと。朝の身支度をしていると、夫がいつもと違うテンションで私のもとへとやってきました。

具合でも悪いのかと思い「どうしたの？」と尋ねると、昨夜、嫌な夢を見てしまい、よく眠れなかったと言います。どんな夢を見たのか聞いてみると、

「昨日寝る前に友達のＳＮＳをのぞいたんだよ。そしたら赤ちゃんの写真がアップされてて……。『おめでとう』とは言ったけど、やっぱ実際に赤ちゃんの写真を見ると……ね……」

夫は寝る前に見たＳＮＳの影響で、嫌な夢を見てしまったようでした。結衣を亡くしてもうすぐ一年が経とうとしていた時期。夫の中でもいろいろと思うところがあったのでしょう。夢の内容は聞かなかったのでわかりませんが、友人たちの幸せ溢れる投稿を見て複雑な気持ちになる……という夫の心情は、痛いほど理解できただけに、私はなんともい

たたまれない気持ちになりました。

夫は若干空気が読めないところがあるものの、妊娠できない私を非難しようと思ってこんな話をしてきたわけではありませんでした。けれど、このときの私は、途端に自分が責められているような気持ちに陥ってしまったのです。

そのときを皮切りに、同様の出来事は数ヵ月に一度くらいのペースで、何度も繰り返されることとなりました。

夫には悪気がなかったとはいえ、私としては、そんな気持ちを吐露される私の身にもなってほしい。友人のSNSなど見なければいいのに……という想いもありました。

しかしながら、妊娠・出産の話となると、なんとなく私の方が分が悪くなるようなところがあり、私自身の傷ついた気持ちを強く主張することもできずにいました。

こんなことが起こるたびに、私は激しく自己嫌悪し、妊娠できない私が全部悪いんだ。私は女性として欠陥品なのではないか……という感情が、だんだんとエスカレートしていきました。

夫は私より六歳年下です。不妊の原因はさまざまあるとは言われますが、女性の年齢がその大きな要因のひとつであることは、今や常識とされています。

当時テレビでは盛んに、**「卵子の老化」**が原因だと取り上げていました。今でこそ**「男性不妊」**も取り上げられるようになりましたが、当時は、三五歳以上の高齢女性ばかりが槍玉に挙げられているような状況でした。私たち夫婦も妻である私の年齢が高齢だから、なかなか授かれないのだろうと、ごく当たり前のように考えていました。

私は自分の方が年上であることを、結婚当初からうしろめたく感じていたのですが、不妊問題が勃発してからは、よりいっそう、自分の年齢を卑下するようになりました。

私のせいで夫はお父さんになることができない。夫は相手を代えさえすれば、お父さんになることができる……。こんな考えすら頭に浮かぶようになっていきました。私は夫に対して**「申し訳ない」**と思うようになり、自分で自分にダメ出しばかりをするようになっていきました。

申し訳ないという気持ちを抱いたのは、夫に対してだけではありませんでした。口に出しては言わないけれど、本音では孫を切望しているであろう実父母と義父母。彼らに対しても、私は同じく自責の念を抱いていました。結衣を授かったときの両家の両親の喜びようを思い出すと、自分が悪の元凶のようにも思えてきました。

孫を抱かせてあげたい……。誰から何を言われたわけでもないのに、私は勝手に一人プレッシャーを背負い込み、苦しんでいる状態でした。

おまけに結衣を妊娠する前と同じく、フルタイムの仕事と家事に追われる日々。心も身体も休まる暇などありませんでした。

誰にも弱音が吐き出せない毎日。そんな中でも私は**「妊娠する！」**という目標だけは絶対に取り下げたくはありませんでした。私が諦めてしまったら、ほかの家族の幸せも奪ってしまうことになる。そんな想いもありました。妊娠することは、もはや私の人生目標と化していたのです。

とにかくできることをやろう。不妊治療に通わない代わりに、私は自力で妊娠しやすい身体づくりに取り組みました。食生活の改善はもちろんのこと、運動習慣に加え、なるべく早く就寝することなどを心がけ、日々健康第一で過ごしました。ただひたすら妊娠することだけを目指して、毎日を生きていました。

その甲斐あって、二〇一七年の一月、私は見事、妊娠検査薬**「陽性」**を勝ち取ることができたのです！　結衣を亡くしてから約二年、待望の陽性反応でした。このときの私は、長年待ち続けたものがようやく手に入ったという想いもあり、天にも昇る気持ちでした。

しかし同時に、前回の妊娠のこともあるため、手放しでは喜べない私がいたこともまた事実でした。今度の妊娠は大丈夫だろうか？　なんとなく嫌な予感を覚えつつも、自宅近くの産婦人科を受診しました。

こういうときの嫌な予感というのは、どうしてこうも当たってしまうものなのでしょうか。診察の結果、無情にもこのときの妊娠は、皆の期待を裏切ることとなってしまいました。結局、最後まで心拍確認ができぬまま、稽留流産という結末を迎えてしまったのです。

妊娠できた喜びが大きかった分、心のダメージは相当なものがありました。

稽留流産ということは、またしても染色体異常が原因だったということか……？　詳しく検査したわけではないので、流産となった理由まではわからなかったものの、当時の私は、自分でそう結論づけていました。

要するに、私の卵子が老化しているんだ。だから、なかなか妊娠できないし、できたとしても出産まで漕ぎ着けることができないんだ……。やはり悪いのは全部私だ。

私はこのときの流産で、女性としての自信をますます失うこととなりました。

第六章　身体と心の変化

身体の変化

大喜びしたのも束の間、残念ながら稽留流産という結果に終わってしまった二回目の妊娠。それからしばらくして、私は四〇歳の誕生日を迎えました。

私はこれまで、年を取ることについて、あまりネガティブに捉えることはありませんでしたが、そんな私でさえも、三〇代から四〇代になったときは、越えてはいけない壁を越えてしまったかのような、少し複雑な感情に陥ってしまいました。それはきっと、この先ますます妊娠しづらくなるだろうと、容易に想像できたからだと思います。

三〇代のうちに再度妊娠・出産することは叶わなかった……。虚しい想いが私の心の中を駆け巡ります。

四〇歳になったからといって、いきなり老化が加速するわけではないけれど、これまで以上に妊娠しづらくなっていくだろうことは、火を見るより明らかなことでした。

案の定、その後の妊活は、見事なまでに空振りが続いていきました。ここまで負けが嵩んでくると、もう無理なのかもしれないという気持ちの方が勝ってきてしまうものです。このころになると、私の心の中では**「子どものいない人生」**という、これまではあえて見て見ないふりをしてきた選択肢が、実にリアルなものとして急浮上していました。

結局のところ、結衣の魂はどこへ行ってしまったのだろうか？　別の夫婦のもとへ行き、新たな人生を生きているのだろうか？　なぜ、私のおなかには戻ってきてくれなかったのだろうか？

複雑な感情が私の中で溢れ返ります。

「結衣の魂は再び私のおなかに戻ってきてくれる！」と本気で信じ、それだけを目標に生きてきた私にとって、結衣が別のお母さんのところへ行ってしまったなんて想像するだけでもつらく、とても受け入れ難いものでした。けれど、あれからもう三年以上の月日が経過していたのです。現実的に考えると、私の願いは通じなかったと、認めざるを得なくなっていました。

やがて私は、自分自身の身体の変化も実感していくことになります。

これは、正確には四〇歳になる少し前から感じ始めていたことですが、夜の時間帯になると身体が火照る感覚に見舞われることが増えていきました。特に真夜中になると、手足が火照ってくるのです。眠りも浅くなりました。手足だけでなく、身体自体も熱く、けれど体温は平熱のまま。熱が身体にこもっている。そんな表現が一番しっくりきました。

もしかしたら更年期障害なのではないか。そんな想いが私の脳裏に浮かびました。年齢的にまだ早いのでは？　と思いつつも、私は普通の人よりも早く閉経を迎える可能性が高いのではないか……そんな不安に襲われるようにもなりました。

また、四〇代になってから生理周期が明らかに変化しました。すでに述べてきたとおり、これまでの私は生理周期が三五日から四〇日くらいでしたが、四〇代に突入してからしばらくすると、生理周期が三〇日前後と明らかに短くなってきたのです。

日数だけに着目すれば、三〇日前後の生理周期というのはとても理想的であり、むしろ良いことなのでは？　と思われるかもしれません。

確かに、当時の私は、食生活や運動習慣の改善をしており、見方によっては**「その成果が現れた」**と考えられなくもありませんでしたが、生理周期が短くなると同時に、経血の量も明らかに減ってきたのです。これはやはり、身体が閉経に向けて準備をし始めているのではないか？　という疑いを強めるようになりました。

そしてそれに伴い、性欲も著しく減退していきました。妊活をすること自体が苦痛に変わっていったのです。

私の身体は、明らかに次なるステージへ向けて動き始めている……。私は自分の身体の変化を肌で感じるようになっていきました。

心の変化

一連の身体の変化は、私の心理面にも少しずつ変化をもたらしていきました。

妊活をすること自体が自分にとって苦痛となっているという現実。もう終わりにしてもいいタイミングなのかもしれない。そんな想いが私の中でだんだんと色濃くなっていきました。

結衣を亡くしてからずっと、再び妊娠することだけを目指して頑張ってきました。そんな私にとって、妊活を終わりにするということは、これまでの頑張りをすべて無にするようなものであり、場合によっては、自分自身の存在価値まで否定することにもつながりかねない……。そんな想いすらありました。

けれど、だからといって、このままつらい妊活を続けるのもしんどく、まさに、進むも地獄、退くも地獄……というような状況でした。

このころには、例のブログもまったく更新しなくなっていました。いつか**「第二子を授かりました！」**という投稿をして、このブログを締めくくろうと思っていた私でしたが、計画どおりに進まない状況に嫌気が差し、ブログからも距離を置いている状態でした。

ブログを書き始めた当時交流していた天使ママたちは、その後、どんな人生を歩んでいるのだろうか？　妊娠・出産はできたのだろうか？　私には、その人たちの現状をのぞきに行く勇気もありませんでした。

願いが叶わなかったのは私だけだったのではないか？　私、昔から少し運が悪いようなところがあったからな。なんで私だけいつもうまくいかないんだろう……。

誰にも吐露できない弱い心が顔をのぞかせます。妊活をとおして、自信喪失していた私は、ますますマイナス思考に陥っていきました。

結衣を授かり、出産し、天国へと見送った一連の出来事は、私にとってただつらいだけの経験ではありませんでした。そこから得たものもたくさんありました。この想いは、結衣を産んだ二〇一四年当時も四〇代となったこのときも、なんら変わってはいませんでした。

けれど、私としてはこの物語の結末を**「第二子を授かった！」**というハッピーエンドで締めくくれるものと強く信じて生きてきました。その結末が描けないとなると、これまでのつらい道のりはいったいなんのためにあったのか、途端にわからなくなってしまったのです。

私は結衣を亡くして以降、とにかく妊娠することだけを目指して生きてきました。妊娠することがゴールであり、それが幸せに通じる道だと信じて疑いませんでした。

けれど、よくよく考えてみると、私はその先のことについて、何も考えていなかったのです。

妊娠はゴールじゃない……。私の中に素朴な疑問が浮かび上がります。

私はいったい何を目指していたのだろう？

夫を父親にしてあげたい、両親と義父母をお祖父《じい》ちゃん、お祖母《ばあ》ちゃんにしてあげたい……。
いつも**「誰かのために」**を優先してきたような感がありました。もちろん、私自身も第二子を授かることを心の底から切望していたことは間違いありません。

けれど、妊娠の先にある未来をまるで描けていなかったことに気づいた私は、その歩みを一旦止めざるを得なくなりました。

なんとなく妊活の終わりが見えてきたこの時期、決して一言ではまとめ切れない、複雑すぎる感情が私の心を埋め尽くしていました。ここにきて、私の心は完全に行き先を見失った迷子状態となってしまっていたのでした。

原点に立ち返る

そもそも私は、なぜこんなにも妊娠することを望んでいたのだろうか。

結衣を亡くして以降、ただひたすら目指してきた妊娠。私たち夫婦は、もともと絶対に子どもが欲しいと望んでいたわけではありませんでした。私が目指すこの**「妊娠」**はいったい誰のためのものなのだろうか？

結衣のため？　夫のため？　親のため？　それとも私自身のため……？

結衣を産み、赤ちゃんというものと直《じか》に触れ合い、初めて知った感情がありました。「自分の子どもは可愛い」と、子持ちの人たちが皆口を揃えて言う意味がようやく理解できました。

自分の命に代えてでも守りたい存在。そんな大切な我が子を亡くし、もう一度この手で我が子を抱きしめたいと切望するのは、ある意味当然のことのように思えました。

けれど、その一方で、素朴な疑問が私の頭に浮かびます。第二子を授かりさえすれば、それは**「幸せ」**につながるのだろうか？

その問いかけに自信を持って「YES」と答えられない私がいました。

そもそも私は結衣を授かっていなかったら、こんなにも妊娠することを切望していたのだろうか？　妊活すらしていない可能性だってあったのではないだろうか？

妊娠することはあくまでも通過点に過ぎず、本当の意味で大変になるのは、産んだあとのはずです。子どもがいない現状で、すでに結構なしんどさを抱えながら生きていた私。ここに子育てというタスクが追加されたら、私はちゃんとやっていけるのだろうか？

また、子どもを産み・育てるということには、多大な責任も伴います。子育てはそんなに甘いものではありません。お金だってかかります。この先の教育資金はどうするつもりなのか？　私はいったい何歳まで働くつもりなのか？

そもそも私は、仕事よりプライベートを重視したいタイプであり、仕事人間とは真逆だったはず。そんな私が、子どものためとはいえ、それほど好きでもない仕事をこのままずっと続けていかなければならないとしたら？　それは、私にとって本当の幸せと言えるのだろうか。

私より上の世代の人はよく、家のローンを組み、それで自分を追い込みながら仕事を無理やりにでも頑張る……というような物言いをします。私は正直、この手の話を聞くと、尊敬とは真逆の感情を抱いてしまうのです。そんな人生で、あなたは本当に幸せなの？　って。

もちろん、その人自身が良ければなんの文句もないのですが、それは、私自身の価値観とは異なると言わざるを得ませんでした。

子どもが大好きで、子育てが生きがいだという人もいます。そういう人は、自分の進みたい方向とやっていることが一致しているからいいのです。私の場合はどうなのだろうか？　そこまで子育てすることを、子どもを持つことを望んでいるのだろうか？

私が今より一〇歳若かったなら、また話は別です。三〇代に入ったばかりであれば、まだまだ体力だってあるだろうし、多少の無理もきくことでしょう。

けれど今の私は、確実に身体の衰えを感じつつある状態です。子育てすることは決して楽なことばかりではありません。むしろ大変なことの方が多いように思えました。実父母に頼るにも、二人とも高齢すぎるという現実もありました。

夫についても同じことが言えました。彼自身、特段子どもが好きだというわけではなく、どちらかというと、夫自身がまだまだ子どものようなところがありました。

友人たちが当たり前のように父親になっていくのを目の当たりにして、自分もなんとなく赤ちゃんが欲しい……と思っただけではないのだろうか？　炊事・洗濯は一切妻の私に任せっきり。そんな人が子育ての大変さについて正しく理解しているとは到底思えませんでした。

子育てするとなると、夫の協力は必要不可欠です。夫は、どこまで自分の時間が削られることを覚悟しているのだろうか？　それらも踏まえた上で、本気で子どもが欲しいと思っているのだろうか？

私は自分の本音だけではなく、夫の真意も測りかねていました。

ダメ出しの日々を振り返って

私はもともと自己肯定感がとても低い人間でした。完璧主義で、どんなことにも全力投球するタイプ。

仕事人間ではなかったとはいえ、任された仕事には一生懸命取り組み、期待された以上の成果を出していました。そのため上司からの信頼も厚く、周りからも頼りにされる存在でした。

一方で、自分で自分を褒めることはせず、上にはもっと上がいるんだからと、常に自分の尻を叩いているようなところがありました。自分の得意なところを見るのではなく、できないところにばかり目を向けて、「私はまだまだ全然ダメだ。もっと努力しなくては……」。そんなふうに常に自分を鼓舞し続けていました。

結衣を亡くしたあとの妊活において、私は目標を達成できないまま、すでに三年以上が経過していました。

私の性格上、頑張っている自分よりも、良くない結果にばかり目がいってしまいます。結果が出せないのは、努力が足りないからだ。これじゃあ頑張っていないも同然……。そんな手厳しい評価が常に自分自身に向けられている状態でした。

三年以上もの間、一度も自分を褒めることをせず、ひたすらダメ出しを続けてきた私に訪れた転機、自分自身の身体の変化。

特に生理の変化と性欲の著しい減退には、とてもショックを受けました。しかし、努力ではどうにもならないことがあるのも事実です。病院に行き、治療を受けるという選択肢もあったかもしれません。けれど、私はそれを望みませんでした。自分の身体に生じた変化をそのまま受け入れたいと思いました。

大正時代であれば、その平均寿命は四十三、四年でした。その数字の裏には、今と違い高かった乳児死亡率が隠れているとはいえ、私は自分がそれなりの年齢に到達しているという自覚がありました。今でこそ日本の平均寿命は当時の倍となっているけれど、妊娠適齢期自体は、当時と変わったわけではないのです。

私の身体は、もう妊娠・出産というステージから降りようとしている……。生理の変化は、私の身体から発せられた限界のサインでした。自分の身体だからこそわかる大切なメッセージだったのです。

私は下手に悪あがきするのはやめ、そのサインを素直に受け止め、自分の身体の声をきちんと聴いてあげようという気持ちになっていきました。

それは、身体の変化に伴う心の変化でした。気づけば、私の心はボロボロになっていました。誰にも褒めてもらえない自分。こんなに頑張っているのに……。私の心は泣いていました。そんな自分をようやく客観視できたとき、私は途端に自分のことがかわいそうに思えてきたのです。

私はこれまで十分頑張ってきました。不妊治療には通わなかったけれど、サプリメントを飲んだり、食事を変えたり、運動習慣を身につけたり……。できることにはすべてチャレンジしてきました。

確かに望んだ結果は得られませんでした。けれど、妊娠できないことってそんなにもダメなことなのでしょうか。私という人間を全否定してしまうほどのことなのでしょうか。私が私を認めてあげなきゃ、いったい誰が私のことを認めてあげられるのだろうか？　自分の頑張りは自分自身が一番よくわかっていました。

これからはもう少し、自分のことを大切にしてあげてもいいのではないか。

思えば、私の三〇代後半は苦しいことの連続でした。娘を亡くすという悲劇に見舞われたにもかかわらず、めげずに職場復帰を果たし、常に前向きに努力してきました。頑張っていれば、きっとそのうち良いことがある。神様はきっと見ていてくれる。そんな想いもありました。

けれど、どんなに頑張っても、切望しても手に入らないものがある……という現実を知りました。

夢が叶った人が胸を張って生きていけるのは、ある意味当たり前のことです。成功者は皆「頑張れば夢は叶う！」と声高に叫びます。「夢が叶わなかったのは、その人の努力が足りなかったからだ」と言わんばかりに。

けれど本当にそうなのでしょうか。

夢が叶わなかった人は**「負け」**を背負って、肩身狭く生きていかなければならないのでしょうか。

そんなことはないはずです。

その先の生き様にこそ、その人の本質が反映されていくのではないでしょうか？ **「負け」**の先にある人生こそ、本当の意味での勝負の場であり、その人間性が試されるのではないでしょうか？

私の中で何かが大きく変わろうとしていました。

娘の想いを理解する

私と同じような経験をした人の中には、亡くした我が子に対して**「申し訳ない」**という想いを抱いてしまう人が多くいるようです。

それは、「元気な身体に産んであげられなくてごめんなさい……」という想いから来る感情なのだと思います。

私も娘の病気が発覚した当初は、そのような気持ちに陥り苦しんでいたので、そのやり場のない怒りにも似た複雑な感情について、理解することはできます。

ただ、私の場合は、娘の病気発覚後、わりと早い段階から、この妊娠には何かきっと深い意味があり、娘はその大切なことを伝えるために私のおなかに宿ってくれたに違いない……と、考えるようになりました。

そのような考えに至ってからは、とにかく娘が伝えに来てくれたことを理解したい！という想いで、この妊娠期間および生まれてから天国へ帰ってしまうまでの間、私は自身のアンテナを張り巡らせて、どんな小さなメッセージも見逃すまいと必死に娘と向き合いました。

そのお陰もあり、私は娘と過ごした日々に関しては、できることはすべてやれたという想いが強くあり、「あのときこうしておけば良かった……」という後悔はほとんどありません。

私も夫も娘に対して、かけられるだけの愛情をかけたし、娘もそれを確実に受け取ってくれた。だからこその、別れ際の**「笑顔」**だったと理解しています。

そのため私は、娘のことをかわいそうな赤ちゃんだと思ったことは一度もなかったし、自分自身を不幸な母親だと思ったこともありませんでした。むしろ娘のことは今でもずっと誇りに思っているし、貴重な経験をさせてもらったと心から感謝しています。

結衣は神様からのお遣いだったのではないか？　という想いは、病気がわかった直後から今もなお、私の心にあり、私に生きる力を与え続けてくれています。

誰の影響を受けたわけでもなく、自然とこのような考えに至った私ではありましたが、結衣を亡くした直後の抜け殻状態の日々は、それなりにつらいものがありました。

そんなとき手にした一冊の本。

『ママ、さよなら。ありがとう──天使になった赤ちゃんからのメッセージ』（池川明、二見書房）

それは、結衣にまつわる出来事に対する私のそれまでの解釈がすべて正しいものだったと、私に確信を与えてくれました。

「赤ちゃんは命をかけてメッセージを伝えに来る」

「自分の命をかけてメッセージを伝え、お母さんやお父さんのたましいの成長を助けようとする赤ちゃんは、強いたましいの持ち主です。そして、そんな赤ちゃんにお母さんとして選ばれたかたも、本来、それを受けとめる強さをもった人に違いありません」

著者であり産科医の池川明先生には、感動のあまり、本の巻末に記載があったメールアドレスに、感謝のメッセージを送らせていただいたほどでした。先生からは非常に丁寧な返信もいただき、当時の私はどれほど心救われたかわかりませんでした。

その本からもらったパワーのお陰もあり、私は深い悲しみを抱えつつも、それを生きる力に変え、早い復職も決意できたし、その後の妊活へと気持ちをシフトさせることができました。

しかしその後、思い描いていた未来は訪れてはくれませんでした。

ここにきて私は、今一度娘が伝えに来てくれたことの本質を深く考える必要があると思うようになりました。

娘は私のことが大好きでした。その私が自分自身にダメ出しばかりして、自己否定を繰り返していたら、娘はどう思うのだろう？　きっと悲しむのではないか？　結衣を授かったばかりに第二子が欲しいという想いに火がつき、それればかりを追い求めた日々。結衣が伝えたかったのは「赤ちゃんは可愛い」などという表面的なことではなかったはずです。

娘の出産をとおして、妊娠・出産が奇跡の連続で成り立っていることを本当の意味で深く理解しました。また、夫婦関係や夫の意識も多少変わったところもありました。けれど、結衣が伝えに来たことは、きっとそれだけではなかったはずです。もっと深い何かがあったはずなのに、まだ私はそれに気づけていないのではないか？　私自身の生き方そのものを変えさせるような、もっとずっと深い教えがあったのではないか？

私は、自分の心ともっと深く向き合わなければならないことを改めて思い知らされました。

娘は私に何を伝えたかったのだろう？

私はこの先、何をやって生きていけばいいのだろう？

私が本当にやりたかったことはなんだったのだろう？

私はこうして自分の内面と深く向き合っていくことになりました。

自分のことを深く知る

自分の人生を主体的に生きる。

当たり前のようでいて、多くの人ができていないことではないでしょうか。現代人は日々何かしらに追われながら生活しています。仕事、家事、育児……。自分の趣味の時間すらまともに取れないような毎日。

「私はとにかく仕事が好きで、仕事をしている時間が何より楽しい！」

心からそんなふうに思える人がいたとしたら、その人はとても幸せな人だと思います。

けれど、私が知る限り、そういう人は極めて稀と言えるのではないでしょうか？

日々の生活にただ忙殺されている人に、

「もっと自分の人生を主体的に考えよう」

などと訴えたところで、

「忙しくてそんな暇はない」

と返されてしまうのがオチだと思います。けれど、人生の途中で一旦立ち止まり、自分が立っている道の前後を見渡す時間を作るというのは、実は、目の前の仕事や家事よりも、遥かに大切なことだと思うのです。

私は**「妊娠を諦める」**ことが自分の中で色濃くなっていくにつれ、この先、何を目標に生きていけばいいのかが見えなくなってしまいました。

娘が本当に伝えたかったことはなんだったのか？　あの子からのメッセージの本質を深く理解したい……。

そのためには、私は、自分の人生の歩みを一旦止め、これまで自分が歩んできた道をきちんと振り返ってみる必要があるのではないかという想いに駆られるようになりました。

このときすでに私は四三歳になっていました。この先、あと何年生きられるのかはわからないけれど、平均寿命を参考にすれば、概ね私は、人生の約半分を終えた計算になります。人生の折り返し地点を越えた今、これまでの人生の**「まとめ」**をしてみるのもいいのではないか？　その上でこの先の生き方を考える……。

そんなことをぼんやりと考え始めるようになったのです。

そのような考えに至ったのには、ある大きなきっかけがありました。それは、結衣を妊娠する約一年前、私がまだ三五歳前後だったころのことでした。

会社で、五五歳前後の社員を対象にした「ライフプランセミナー」が開催されました。無論、私は受講対象者ではなく、セミナーを企画・運営する側としてその会に参加していました。そのときに聞いた講師の話が、ずっと心に残っていたのです。

そのセミナーの趣旨は、定年退職まで約一〇年を切った社員に対し、定年後の人生（時間）がいかに長いかを説き、充実した老後を送るためには、できるだけ早い段階からその準備をしておくことが鍵となるということを論理的に説き、自分自身で今後のライフプランを立てることを目指すものでした。

具体的には、自分の人生を三つの側面から俯瞰的に見つめ直し、現状を踏まえた上で、今後の具体的な人生プランを立てていきます。

三つの側面とは、
・ライフプラン（私生活）

・ワークプラン（キャリア）
・マネープラン（お金）
のことを指します。

真面目で勤勉な日本人の特色として、プライベートや趣味などはそっちのけで仕事に邁進している……という人が多いと言われます。そのような人たちは、いざ定年退職を迎えたとき、心にポッカリと大きな穴が開いてしまったような状態に陥り、目の前にある莫大な自由時間をうまく使うことができず、その結果、だんだんと心が病んでいってしまい、ひどい場合にはうつ病を発症してしまう人もいるといいます。

そんなふうにならないために重要なこととして、講師が強調していたのは、

「自分の人生は、自分自身で舵を取る」

ということでした。

つまり、会社の定年年齢が六五歳だから、この会社で六五歳まで働く……という考え方ではなく、自分は今後こういうことをやっていきたいから、今の会社では○歳まで働き、そのあとは○○をやっていく……というふうに、あくまでも自分主体で自分の人生を切り拓き、舵取りをしていくという考え方です。

主体的に生きるというのは、自分の人生でやりたいこと、成し遂げたいこと、興味があることがまず最初にあり、それに向かって自分の人生をどのように進めていくか、という視点で考えていくことをいうのです。

私は、この講義を初めて聞いたとき、目からウロコが落ちました。本来ならば受講できる年齢ではないのに、運営者側だったお陰で、講師の実体験も交えた非常に貴重な話を聞くことができた、まさに**「役得」**でした。

セミナーを受講した社員からは、

「もっと若いときにこのセミナーを受講したかった」

「セミナーの対象年齢をもっと引き下げるべきだ」

という意見が多数挙がりました。

つまり、受講した社員の多くが、こういう類《たぐい》の話はもっと若いころに聞くべきものであり、いかに早い時期に行動に移し、準備できるかが重要だ、と認識したと言えます。

私は三五歳のときにこの貴重な話を聞けたわけで、当時の受講者からしたら羨ましい対象だったのかもしれません。

ところが、その後の私は、見事に日々の仕事と家事に忙殺されていきました。きっと心のどこかに、私にはまだ早い……という想いがあったのかもしれません。

それから程なくして私は妊娠しました。その後の展開はこれまで述べてきたとおりです。

あれほど感動した話ですら、人は簡単に忘れてしまうものなんだ……という典型例だと思います。

そして、いくら良い話を聞いたところで、本人がその話の必要性を感じ、自分事としてそれを人生に落とし込み、なんらかの行動に移さなければ、なんの意味もないということにも改めて気づかされました。

妊娠を諦めることをきっかけに、私の脳裏に蘇ってきたこの貴重な講義内容は、その後の私の進むべき方向を考える上で、大きな導きとなったことは間違いありません。

第七章　自己分析と自己受容

本気の自己分析

ライフプランセミナーの中で講師は実体験として、次のようなお話をしてくれました。五〇代前半になったとき、第二の人生を意識し始めた先生は「自分の人生、このままで良いのだろうか?」という想いに駆られ始めたそうです。そこで「自分自身の幼いころの夢はなんだったのか?」と、自分の人生の棚卸し作業をされました。自分自身の内面と深く向き合う作業です。

そしてその結果、自分が本当にやりたかったことに辿り着き、その後、それを実現させるための準備期間を経て、当時従事していた仕事を退職。同時に、講師業を第二の人生としてスタートさせるに至ります。

私は講師の話を思い出し、まずやるべきことは**「自己分析」**であるという結論に達しました。

自己分析をするのなんて、就職活動を前にした大学三年生のとき以来のことです。けれど、そこにためらいはありませんでした。まずは、自分自身のことを本当の意味で深く理解できない限り、この先の人生の方向性を決めることなど到底できないという想いがあったからです。

今現在、自分自身はどんな価値観を持ち、何を考えて生きているのか？　自分のことは自分が一番よくわかっている。とはいえ、自分の深層心理と深く向き合ってみると、案外、現在の自分のことすらよくわかっていなかった……という経験をしたことのある人は、少なくないでしょう。

向き合う対象が、かつての自分だったとしたらいかがでしょうか。現在の自分のことすら深く理解できていない人が、過去の自分のことを正しく理解しているとは言い切れないのではないでしょうか。

かつての自分がどんな価値観を持ち、どんな人生を思い描いていたのか？

どんなことを楽しいと感じ、何を生きがいにして生きていたのか？

どんな音楽に心惹かれ、どんなものを美しいと感じていたのか？

過去の自分と現在の自分はまったく同じではありません。変わった部分があったとしたら、それは何がきっかけでどう変わったのか？　単に年齢的な変化なのか？　それとも大きく変わる何かがあったのか？　その結果、自分は良くなったのか？　それとも悪くなったのか？　自分にとって大切なものをどこかでなくしたりしてはいないか？

このように、さまざまな側面から自己分析する必要がありました。

そこで私は、記憶に残っている限りの過去まで遡《さかのぼ》り、自分自身の歩んできた人生をまとめる作業に取り掛かりました。それはいわゆる**「自分史」**の作成です。それこそ、一冊の本を書き上げるくらいの意気込みで臨みました。自分の弱さにも向き合うために、記憶にあるものは、嫌なことも含め、すべて洗いざらい書き記していきました。

幼いころの私はどんな子どもだったのか？　何が好きで何が嫌いだったのか？　覚えているものについては、具体的なエピソードについても事細かく記していきました。

特に意識したのは、そのとき私はどんな感情を抱いていたのか？　という視点です。不快だったのか？　楽しかったのか？　複雑な想いを抱えていたのか？　そして、それに対してどのように対処したのか。

その中には、当然ながら振り返りたくない事柄も含まれていました。けれど、嫌な記憶にこそ自分のことを深く理解するための重要なヒントが隠されているようにも思えました。

過去の自分の選択を後悔したり、ダメ出しをするための作業ではありません。あくまでも当時の自分は、どのような価値観でその出来事を解釈し、その結果、どのような行動を取るに至ったのか？　というのを客観的に見ていくのです。分析の対象者は自分自身ではあるけれど、客観的な視点を忘れずに、中庸な視点で過去の自分を分析しました。

自分史を書き上げ、それをベースに自分自身を分析するという作業には、それなりの時間を要しましたが、そこから得られた分析結果は読み応えがあり、そこから得られた知見も非常に多くありました。

自分史を作成してみての正直な感想は、私は自分のことをわかっているようで、ちゃんとわかってあげられていなかったのかもしれない……というものでした。

自分史を書き、その当時の自分自身に思いを馳せることで、私自身が基準としてきた価値観や、大切にしていた考え方が非常によく見えてきました。

また、自分という人間が良くも悪くも大きく変化していたことにも改めて気づかされました。

「三つ子の魂百まで」という言葉があるように、私の根幹にある価値観は大きくブレてはいなかったものの、人間というのは刻一刻と変化しながら成長しているものなんだ……ということを、自分史をとおして具体的に知ることができました。

私は今でも、人生において何か迷いが生じたときには、このとき作成した**「自分史」**を読み返すようにしています。


自分には価値がない。

私には誇れるものなど何もない。


もしも、そんなマイナスの感情に心が支配されている人がいたら、ぜひ、自分史を作成することをおすすめしたいと思います。人に見せるわけではないので、思いのまま自由に書けばいいのです。その形に正解はありません。

人生はドラマです。そして、あなたはそのドラマの主役なのです。自己分析は深くやればやった分だけ、あなた自身に大切な**「気づき」**を与えてくれるはずです。

自己受容の大切さを知る

自分史を作成し、過去の自分を振り返るという作業は、思った以上に多くの「**気づき**」を私に与えてくれました。その中には、自分自身の弱みを再認識させられるようなものも数多く含まれており、ときには目をつむりたくなるようなこともありました。自分自身の弱みは、誰しも見て見ぬふりをしたくなるものです。けれど、自己分析をする以上、臭いものに蓋をしていては、なんの意味もありません。

自分の弱みを再認識することは、当然ながら楽しい作業ではありません。ときに痛みを伴い、心が「**傷つく**」ことだってあります。

ライフプランセミナーの中で講師が教えてくださったことのひとつに「**気づく**」ことの重要さというお話がありました。

たとえば、いざ「将来のライフプランを立ててみましょう！」と言われたとき、人によっては何を書いたらいいかさっぱりわからず、これからやってみたいことなど何ひとつ頭に浮かんでこない……という事態に見舞われるかもしれません。一方で、隣の人は今後の人生設計についてスラスラと筆を走らせています。聞けば、ずっと趣味で続けていたことがあり、会社を辞めたあとは、その趣味をもっと本格的に追求していく予定だといいます。

やりたいことすら頭に浮かんでこなかった人は、何も書けなかった自分とその人との差に、きっと焦りを覚えることでしょう。自分はこれまで仕事一筋でやってきた。でも、自分から仕事をとってしまったら大したものが残らないことに気づいてしまった……。場合によっては激しく**「傷つく」**ことにもつながるかもしれません。

人は誰しも傷つきたくはありません。年齢を重ね、プライドが高くなればなるほど、そういう機会を避けて通る傾向があるのも事実です。

でも**「傷つく」**ことは、成長するための大チャンスでもあるのです。人間はいくつになっても変われます。成長することができます。その人にその気があれば……という条件付きではありますが。

本当に大切なのは、傷ついたあとの行動です。

気づき、傷つき、そのまま終わってしまっては、なんの意味もありません。自分の現状を変えたいと思うのなら、何かしらの行動を起こさなければいけません。行動を起こせば、少しずつ何かが変わっていきます。

つまり**「気づく」→「傷つく」→「築く」**というふうに変わっていけるのです！

私は自己分析をしていく中で、自分の弱みを再認識しました。けれど、同時に強みもたくさん発見しました。忘れかけていた自分の本質が、少しずつ見えてきたように思えました。

また、これは私の考えですが、自分にとっての**「弱み」**というのは、必ずしも、克服しなければならないものであるとは思っていません。弱みといってもその中身はさまざまだからです。

ライフプランセミナーでの例のように、自分に足りないもの（この場合は趣味）をこれから頑張って見つけていくというような単純な話であればいいのですが、多くの場合、その人にとっての弱みは、もっと深刻なものである場合が多いはずです。それを克服するためには、多大な苦痛を伴うことも大いに予測できます。その弱みの中身や種類にもよりますが、私はそれらすべてを無理に克服する必要はないと考えています。

人には得手不得手があります。若いうちは、苦手なことにもどんどんチャレンジし、弱みを克服すること自体に非常に価値ある場合が多いでしょう。けれど、ある程度の年齢になってから、自分の不得手（＝弱み）と向き合うことは、かなりのエネルギーを要します。

それを追求するあまり、心身ともに疲弊してしまっては元も子もありません。

そこで私は、

「自分の弱みも含めて自分自身なんだ」

ということを強く意識するようにしました。つまり、弱い自分に目をつむるのではなく、「弱い自分もきちんと認めてあげる」というスタンスに変えたのです。

自分自身が強く変えたいと望んだ弱みに関しては、その対策を具体的に考え、行動に移すことにしましたが、今さら変えるのには少し無理がある……と、私の心が判断したものについては、それに対してダメ出しをするのではなく、

「そうだよね！　それ苦手だもんね！」

という具合に、「できなくてもそれはそれで良い。それができないのが私なんだ」と解釈するようにしました。

それまでの私は、そうした部分に「弱み」というレッテルを貼り、それができる他者と自分を比較して、ダメ出しばかりをしていたのですが、**「できなくても良い」**という許しを、初めて自分自身に与えてあげることにしたのです。

つまりそれは、良い面も悪い面も含めて、自分で自分を認め、受け入れてあげる**「自己**

受容」という考え方でした。

その当時の私にとって、最大の弱みは**「妊娠できないこと」**だったわけですが、私はそれすら、自分の個性であると前向きに捉えることにしたのです。

妊娠できないのが今の私。それの何が悪いの？　私はもう妊娠・出産というステージからは降りたの！　この先はまた違う自分を目指していけばいいだけよ。

今の私の現状をこのように解釈するようにしたら、なんだかとても心が軽くなっていったのです。そして同時に、自分のことがだんだんと好きになっていきました。少しずつ自分に自信が持てるようにもなっていきました。

女性はただでさえ、世間からの勝手なイメージに縛りつけられる場面が多くあります。未婚であれば「彼氏は？」「結婚は？」と聞かれ、既婚であれば「お子さんは？」と聞かれ、一人っ子であれば、「二人目は？」と聞かれ、子なしであれば「お仕事は？」と聞かれます。最近でこそ、このような不躾《ぶしつけ》な質問をしてくる人は減ってきたとは思いますが、それでもまだまだ女性にとって生きづらい社会であることは確かです。

模範的なレールの上を走ることを良しとする風潮が強い日本社会。世間では、LGBTQやジェンダーレスを取り上げて「多様性を尊重しよう！　大切にしよう！」と声高に叫ぶ一方で、やはりどこかで既成のジェンダーに従った道を歩むことが、一番の幸せであるという考えを持つ人がまだまだいるのも事実です。

女性だからといって何かを我慢したり、周りに合わせたりする必要などありません。なぜなら、これはあなたの人生であり、主役はあくまでもあなた自身なのですから。

自信を持って自分の人生を歩んでいくためにも、まずは自分で自分のことを深く知る必要があります。そして、自分自身が自分にとっての一番の良き理解者となり、すべてを受け入れてあげることが何より大切なことだと、私は思っています。

夫にも選択させる

私は深い自己分析と心からの自己受容ができたことで、不思議なくらい心が晴れ渡っていきました。

それまでは何かと**「妊活」**に縛られ、妊娠できない自分にダメ出しをし続けてきましたが、**「妊娠できない私」**を真正面から受け入れたことで、心の状態が大きく変わっていったのです。妊活からの卒業が私の中で徐々に固まっていくにつれ、私の心は自分でも驚くくらい穏やかになっていきました。

たとえるならば、ドロドロしていたものが濾過《ろか》され、心が浄化されていくような感覚。それは、これまでの人生で味わったことのない新境地でした。

そのころから私は、他人の妊娠・出産に対しても非常に寛容になっていきました。それらの情報に心乱されることが皆無となっていったのです。慶事に対してごく自然に「おめでとう」が言えるようになっていきました。

これほどまでに自分の心が変化していったことに少し戸惑いを覚えつつも、この新境地に辿り着けた自分を素直に褒めてあげたいと思えるようになりました。

以前の自分を脱ぎ捨て、脱皮したかのごとくスッキリした私は、次なる問題と対峙することになります。

結婚している以上、子どもを持つ・持たない、諦める・諦めないを私一人で決めるわけにはいきません。私の気持ちは整理できたから良いとして、果たして夫の今の気持ちはどうなのか？　子どもに対してどのように思っているのだろうか？

私は自分自身が下した結論を夫にまで押しつけるつもりはありませんでした。だからといって、私の出した答えを変えるつもりもありませんでした。それは私の心と身体を守るために必死で導き出した、命の決断だったからです。

もしも夫がどうしても子どもを持ちたいと望むのならば、そのときは「**離婚**」という選択肢を選ばざるを得ない……。

夫は相手を代えさえすれば自分の子どもを持つことができ、子なしの人生を歩むことを決めた私と、運命をともにすることを強要することはできません。私は私にとっての「**幸せ**」を追求しようとしています。夫には夫が考える幸せの形があるはずであり、私は夫にもその幸せを追求する権利があると考えました。

このときの夫は、私とは対照的にまだまだ子どもに対して未練があるような状態でした。夫は相変わらず、友人のＳＮＳに心乱される日々を送っていたのです。

私は自分の身体の状態について夫に説明をし、妊娠するのが極めて難しい状況にあることを話しました。しかし、男性である夫に女性の身体の仔細が正しく理解できるはずもなく……。最初のうちは、まったく真剣に取り合ってはくれませんでした。

「おまえなら大丈夫だよ。妊娠できるよ！　見た目だって若いんだし！」

……話になりませんでした。

そこで私は、夫に問いかけました。

「あなたはなぜ子どもが欲しいの？　友人たちが皆子持ちになっていくから、自分も欲しいと思っただけじゃないの？　子どもを持つということは、あなたも一緒に子育てしていくことになるんだよ。これまでのように自分の時間を持てなくなるよ？　それにもし、私が突然亡くなるようなことがあった場合はどうするの？　そうなったらあなたが一人でその子を育てていかなきゃならないんだよ。まさか施設に入れようなんて考えていないよね？　子どもを持つということは、同時に大きな責任を負うことを意味するんだよ」

それなりの反論をしてきた夫でしたが、「突然亡くなるようなことがあった場合」まで私が考えていたと知り、しばし返す言葉を失っていました。結局彼は、子育ての楽しい部分しか目に入っていないようでした。

SNSではみんな都合の良いことしか発信しません。絵に描いたような幸せを、切り取ったものを見て、多くの人は心乱されるわけですが、**「隣の芝生は青い」**ということを忘れてはいけません。

結婚も子育てもそうですが、そこにあるのはリアルな生活です。楽しいこともあれば、苦しいことだって絶対にあるのです。実際にはキラキラなんてしていないのです。

私は夫に言いました。

「私だって、結衣の妹か弟を産みたかった。あなたの子どもを産みたかった。でも、今の私には、もうそれは無理なの。私の身体がもう無理だと言っているの……。どうしても子どもが欲しいというのなら、残念だけど相手を代えてもらうよりほかに方法はないと思っています。私としては、この先もあなたと一緒にいたいけど、あなたが子どもを持つことを優先したいというのなら、私にはそれを止める権利はないと思っています」

話しながら、自然と涙が溢れてきました。悔し涙なのか、悲嘆の涙なのか、私自身にもよくわからない涙でした。

それに対する夫の答えは、とても冷たいものでした。

「わかった。そしたら俺もほかの相手を探してみるよ……」

私は心のどこかで、夫は子どもを産めない私を受け入れてくれる……そんな期待をしていたのですが、それは見事に裏切られる形となりました。

こういう話をすると「養子縁組を考えるのはどう?」と尋ねられることがあります。私としては、夫がそれほど子ども好きでないことはわかっていたので、その選択肢を選ぶ可能性はゼロでした。夫はあくまでも自分の血が通った、健康で可愛い子どもが欲しいのです。どんな子でも育てていきたいという人でないことは、私が一番よく理解していました。

夫はその後、本当に新たなパートナー探しを始めました。

……詳しいことは本人のみぞ知るところなので、私には表面的なことしかわかりませんが、新たな相手を探していたことは紛れもない事実です。こういう時代なので、出会い方にこだわらなければ、いくらだって相手探しをすることは可能です。

それは、当然ながら私にとって好ましいことではありませんでしたが、私自身が夫に提案したことでもあります。私には夫の選択を見届ける責任がありました。私はどんな結果になろうとも、夫の出した結論を受け入れる覚悟でいました。

夫は散々いろんな女性と交際をしてみたようでしたが、なかなか良い相手を見つけられず、最終的には私のもとへと戻ってきました。

夫の言い分はこうでした。

「たくさんの女性と遊んでみたけれど、やっぱりおまえほど優しくていいやつはいなかった。おまえを超えるやつは現れなかった……」

また夫は、子どものことについても自分なりに深く考えたようでした。そして、子どもが欲しくないわけではないけれど、絶対に欲しいわけでもない……という結論に落ち着いたようでした。

本気の浮気をされて喜ぶ妻など、どこにもいないことでしょう。いろいろ試した結果「やっぱりおまえが一番だった」と言われても、全然嬉しくなんかありませんでした。

当時の私は、当然ながらそれなりに心に傷を負いました。ごく一般的な夫婦なら、このまま離婚の道を選ぶのが普通なのかもしれません。

けれど私は、そんな夫ともう一度やり直すことを決めました。

もうこんなやつどうでもいい！　という気持ちも一部ありましたが、結衣の経験が私の怒りにストップをかけました。この人がいなければ結衣とも出会えなかったんだよな……。

私にとって結衣の経験は、もはやかけがえのないものとなっていました。もう一度同じ経験をしたいか？　と問われたら、もちろん答えは「NO」ですが、あの経験を避けて通りたかったか？　と問われたら、私は「YES」とは答えないと思います。それくらい、あの子にまつわる経験は、私の人生に深い**「気づき」**を与えてくれたものだったのです。

それに夫は、根っからの悪い人ではないのです。子どものように純粋無垢なところと、子どものような残酷さを併せ持っています。それゆえ、意図せずして人のことを傷つけてしまう場面がありました。私は夫のことを誰よりも深く理解している自信がありました。

こうして私たち夫婦は、双方が納得する形で、子どもを持たない夫婦としての人生をともに歩んでいくことを決めました。

私たちが出した結論、そしてその結論に至る過程について、違和感を覚える人が少なからずいるかもしれません。けれど私たちは、他人から見た正しい選択をすることは端《はな》から目指していませんでした。大切なのは、自分たちが心底納得できたかどうかということです。そこに他者の視点は一切必要ありませんでした。

夫とのこの一連の騒動は、私にとって非常に苦い経験ではありましたが、今後の人生をこの人とともに歩むかどうかを決めるためには、決して避けて通ることのできない道でもありました。もしも夫婦にレベルのようなものがあるとしたら、私たちはこのとき、ひとつ上の段階に進めたのかもしれません。

夫婦は所詮他人です。長年一緒にいれば相手のことが手に取るようにわかる部分も出てきます。けれど、いざ重要事項を決めるときは、腹を割って話をしなければ相手の真意を読み誤ることにもつながります。ボタンのかけ違いは、のちの致命傷にもなりかねません。

私たちは適切なタイミングでお互いの本音をぶつけ合えたこともあり、別れの道を選ばずに済みました。もしかしたら、この出来事の裏にも、目には見えない娘の導きがあったのかもしれません。

自分のキャリアを考える

腹を割った話し合いを経て、無事、もとの鞘へと収まっていった私たち夫婦。私の中では最も厄介で難解な問題が片付いたという安堵感がありました。

このころになると、私の心の安定度合いはますます増していき、日々の暮らしも平穏そのものとなっていました。私はそんな穏やかな日々を過ごしながらも、次なる課題へと心を向けなければなりませんでした。それは、今後の人生、何をやって生きていこうか？ という大きな問題でした。ライフプランセミナーでいうところの**「ワークプラン（キャリア）」**に該当する部分です。

私は自己分析をしていく中で、自分自身がどんなことにやりがいを感じ、逆にどんなことでモチベーションが下がるのか、一定の傾向があることをつかみました。私はさらにそれを深掘りし、なぜそれにやりがいを感じたのか、また、なぜそれでモチベーションが下がったのかを深く検証しました。自分自身の深層心理と向き合う作業です。すると、次第に自分の好き嫌いの傾向とその理由が、はっきりと見て取れるようになっていきました。

それまでの私は、「仕事なんだから苦手なことも克服しなければいけない。できないのは私の努力が足りないからだ」と解釈し、常に自分の尻を叩いていました。でも四〇代となった今、若いころから続けてきたその習慣が、現在の私とうまくマッチしていないと思うようになったのです。

プライベートにおいて私は、自分のできないこと（＝妊娠）と深く向き合い、できないことはできないこととして素直に認め、そんな自分を真正面から受け入れてあげることの大切さを学びました。

それは、仕事においても同じことが言えるのではないか？　苦手を追求し、克服することも大切なことではあるけれど、残りの人生においては、自分の得意分野を伸ばしていくことに注力した方が良いのではないか。

私は自己分析をする中で、自分自身の長所もたくさん見つけることができました。今現在の私が持っていないものや能力を欲しがるよりも、今の私がすでに持っているものや能力を大切にしたい……。そんな想いが徐々に強くなっていきました。

私は、それまでやってきた仕事に対して、「この先もずっとこの仕事を続けていきたい！」と思えるほどの強いモチベーションを持ってはいませんでした。それは、単純にその仕事が面白いと思えなかったことと、年を重ねるごとに任される仕事の難易度も上がっていき、それ自体が苦痛と感じる場面が増えていったことが背景にありました。難しい仕事でも自分にとって必要なチャレンジだと思うことができれば、それはやりがいにつながります。しかし、私にとってその仕事は、やりがいや生きがいにつながるものではありませんでした。

この仕事を続けている理由は？　と問われたら、きっと私は、高い給与と手厚い福利厚生をその理由に挙げていたことでしょう。逆に言えば、それ以外の理由はないというのが正直な想いでした。

ライフプランセミナーで聞いた、

「自分の人生は、自分自身で舵を取る」

という大切な教えが、私の心をチクチクとつついていました。仕事というフィールドにおいて、私は自分で舵を取っていると言えるのだろうか。

子なしの人生を歩むことを決めたのならば、子育てに代わる何か大きな生きがいを持っておいた方がいい。趣味を生きがいとすることもそれはそれでいいとは思うけれど、仕事そのものに生きがいを感じられるようになったなら、それに越したことはないのではないか？　私はお金というものに縛られて、今の仕事にしがみつくのはちょっと違うのではないか？　私は今後、何をやって生きていけばいいのだろうか? 何をやれば、自分にとっての**「幸せ」**につながるのだろうか?

すぐに答えの出せるような問題ではなく、しっかりと向き合うべき大きな人生課題でもありました。私はライフプラン(私生活)における妊娠という問題において、できない自分をきちんと受け入れてあげることで、生きること自体がとても楽になったという経験をしました。仕事においても、自分の苦手を追求するより、自分の得意分野を伸ばすことに注力した方がいいのではないか……という想いに駆られるようになっていったのです。

ライフプランセミナーで聞いた話の中で、もうひとつ私の心に大きな影響を与えた話があります。

それは「『どうせ』ではなく『せっかく』という言葉を使って物事を捉える癖をつけよう!」という教えでした。

「どうせ」という言葉には、どこか投げやりでマイナスな要素が含まれます。それに対して**「せっかく」**という言葉には、生じた困難やしてきた努力を前向きに転換させようとしたり、その状況を大切に思う気持ちが込められています。

「どうせ私たち夫婦には子どもがいないんだから……」

なんだかいじけているように聞こえませんか？　このあとに続くのは、きっと否定的な言葉だと思われます。

それに対して、

「せっかく私たち夫婦には子どもがいないんだから……」

このあとに続くのは前向きな文章だと予測することができます。

同じ物事でも**「どうせ」**と捉えるのと**「せっかく」**と捉えるのとでは雲泥の差です。一見マイナスと思えるようなことでも、それを前向きに捉えることは、より良い人生を生きるための処世術であると私は考えています。

せっかく子なしの人生を歩むことになったのだから、お金なんかに縛られず、好きなことにチャレンジしてみよう！

今の仕事にしがみつく理由はお金だけ。

人生の三大資金とは、住宅資金・教育資金・老後資金の三つを指します。そのうちのひとつである教育資金が我が家には不要であるという事実は、私にもっと自由な生き方を選択させる大きな動機づけにもなりました。

私は自己分析をとおして、自分自身のいろんな可能性にも目を向けることができるようになっていきました。人生の視野が大きく広がっていったのです。妊娠ができない自分にとらわれ、ダメ出しばかりをしていたころの私は完全に姿を消していました。

自己肯定感の高まり

自己分析を経て**「正しい自己受容」**ができたことで、私の内面は良い意味での変容を遂げていきました。

まず感じたのは自己肯定感の高まりです。

自己肯定感とは、その字が示すとおり、自らの価値や存在意義を肯定できる感情を意味する言葉です。この自己肯定感を高めるためには、正しい自己受容ができていることが大前提となります。

正しい自己受容とは、自分の良い面も悪い面も両方とも認め、尊重し、受け入れるということです。都合の悪い部分に目をつむったり、良い面だけを切り取って認めることは自己受容とは言えません。

自分にダメ出しばかりをしているときは、自分自身に厳しくなるのはもちろんのこと、他者に対しても厳しい目を向けがちになるものです。常に心がギスギスしていて、自分にも他者にも思いやりの心を持てない状況、いわば、余裕がない状態です。

社会の一員である私たちは、常に他者とかかわり合いを持ちながら生活しています。他者との生活は自ずと**「比較」**を生み出します。自分よりできる人間に対しては、尊敬の念を抱き、自分よりできない人間のことはなんとなく下に見て、その存在に少しだけ安堵する……。そのような気持ちになったことがある人は、きっと私だけではないはずです。

心が本格的に病んでくると、尊敬の念を抱いていた相手にすら、人は妬みや嫉《そね》みを抱くようになっていきます。そして、同時に自分に対しても、激しいダメ出しをしたり、本当の自分を偽ったりするようになっていくのです。

この状態に陥ると、その人は常に心に不満を抱えるようになり、ますますマイナスループへと堕ちていってしまいます。

そのような負のループへ陥らないためにも、まずは自分自身が自分のすべてをきちんと受け入れてあげるという作業が必須となります。

自分自身をすべて受け入れることができて初めて、自己肯定感を高めることができるのです。

自己肯定感の高まりは、自然と私に**「自信」**をもたらしてくれました。自己受容後の私は、ドス黒い心に支配されていたころとは違い、自分の身に起きた出来事をいたって冷静に客観視できるようにもなっていました。

すべての物事には良い側面と悪い側面があります。それらを冷静に見極め、仮に八割が悪いことであったとしても、二割の良いことにできるだけ目を向けるようにしたのです。

物事のプラス面を意識的に見る癖がつくと、すべてではないにしろ、マイナスなことでさえも少しずつプラスに変えられるようになるものです。要は、その人の気持ち次第で、その出来事の持つ意味合いは大きく変えられるということです。

私の場合は、妊娠できない、つまり、子なしの人生を歩まなければならないという現実と対峙したとき、まず初めに頭に浮かんできたのは、マイナスの側面ばかりでした。

子育てという経験から得られるはずだった喜びや生きがい、自己の成長機会を失った……という想い。

一方で、子なしの人生にも必ずやプラスの側面があります。私の中で一番大きかったのは、お金の問題でした。将来の教育資金に頭を悩ませなくてもいい、つまり、そのために無理をして今の仕事を続けなくてもいいと思えたことは、私にとっては、非常に大きなメリットに映りました。

大切なのは、自分自身がその出来事をどう解釈するかです。他者の判断や他者からどう見られるかという視点は、ここではまったく重要ではありません。

ポジティブな思考はプラスの循環をもたらしてくれます。そうなると、物事は自然とうまく巡っていくようになるのです。


なお、ここまで述べてきた内容は、どこぞの心理学の本から引っ張ってきた話ではなく、私自身の経験や私の知り合いの話などを総合して、私自身が導き出したひとつの解釈に過ぎません。そのため「それは違う」というご意見もあるかもしれません。

それでも、私自身の実体験から導き出されたひとつの実例が、誰かの生きるヒントになれば……そんな願いを込めて、私の経験談をお話しさせていただいています。


私が良い流れに乗れたもうひとつの理由として、自分と他者とを一切比較しなくなったということが挙げられます。自分は自分、他者は他者と完全に両者の間に線を引くことで、自分自身のことにだけ集中できるようになりました。

そもそも私と他者とはまったく別の人格を持ち、まったく別の人生を歩んでいます。生まれも違えば、育ってきた環境も違うので、それは当然のことです。同じ点があるとすれば、それは、同じ時代を生きているということくらいです。

そんな他者と自分とを比較することに、いったいなんの意味があるのでしょうか？　比べるべきは昨日の自分だけであり、他者と自分を比較したところで、自分の成長度合いを測ることなどできないのです。

昨日の自分より、一ミリでもいいから前に進もう！　これは、私の日々の目標です。ハードルは低くて構いません。むしろ、高すぎるハードルはせっかくのやる気に水を差すことにもなりかねません。大切なのは、自分の成長や頑張りを自分自身がきちんと認めてあげることです。

私は自分に自信が持てるようになるにつれ、あらゆることへの寛容度も高くなっていきました。それはひとえに、心に余裕が生まれた証拠でもありました。

自分にも他者にも寛容になれたことで、私は生きることがグッと楽になっていくのを感じました。

本来、人生はこうあるべきなのではないか。つらい中、頑張ることが偉い！　という風潮が根強い中、私自身は、自分の心が心地良い状態を保てているかどうかという感覚を、重要な指標として意識するようになりました。

それは、楽をしたいという想いとは完全に異なります。自分の心を過度に苦しめずして適切に頑張るための、一種の技のようなものだと言えるかもしれません。

自己受容後に辿り着けたこのような考え方は、私をあらゆるしがらみから解放してくれました。

妊娠からの解放はもちろんのこと、それまでの私をガチガチに縛りつけ、凝り固まった価値観からの解放は、私に選択の自由を与えてくれました。

それまでの私を形作っていた価値観は、自分の経験や考えから導き出されてきたものというよりは、広く世間で常識とされていることや、世間体を意識したものに過ぎませんでした。

そのことに気づいた私は、もっと自分の頭でしっかりと考えたい、自分にとって本当に大切なものを見つけ、正しい価値観を形成していきたいと強く意識するようになりました。

ここで言う正しい価値観とは、自分の思考から導き出されたものを指しますが、無論、自分勝手な解釈だったり、他者に迷惑をかけるようなものでないことは言うまでもありません。

自分自身の頭で物事を考え、解釈し、行動に移していくことの大切さを知れたことは、その後の人生設計を考える上で、欠くことのできない重要な気づきとなりました。

自己肯定感の高まりとともに芽生えてきた自信は、自分の考える価値観だったり、人生観だったりを自分自身が肯定し、それに基づいて行動することを強く後押しすることにもつながりました。

「自分の人生は、自分自身で舵を取る」

これを実践するためには、私自身が下した決断に、確固たる自信と責任を持つ必要があります。自己受容、そして自己肯定感とそれに伴う自信がなければ、いくら自分の人生であったとしても、舵取りという大役を任せようと思えないかもしれません。

私はようやく、自分の人生の舵取りを自分自身に任せられる段階まで上がってくることができたように思いました。

第八章　自分の人生を生きる

自己犠牲の精神を捨てる

「あなたは今、幸せですか？」と問われて「はい」と即答できる人はいったいどれくらいいるのでしょうか？

日本人は特に自己肯定感が低いと言われています。私もかつてはそうだったので、そのような感情に陥ってしまうのもわからなくはありません。

私はまだまだ全然ダメだ。私よりすごい人はたくさんいる。もっと努力をしなくては。

若いうちは、このような精神も場合によっては必要になるかもしれません。けれど、自分の頑張りを一切認めず、常に走り続けることだけを要求し続けていたら、たいていの人は息切れを起こしてしまいます。

中には、息切れしてもなお、走り続けようとする人すらいます。こうなると、自己肯定どころか、できない自分にばかり着目してしまい、途端に人は、負のループにはまっていってしまいます。場合によっては、精神的に参ってしまうことにもなりかねません。

また、日本には古くから、自己犠牲を良しとする風潮が強くはびこっています。自分のことは後回しにして、他者のためにと身を粉にすることを美徳とする価値観。他者のためにというと聞こえはいいですが、そもそも、自分のことすら幸せにできないような人が、他者のことを幸せにすることなどできるものなのでしょうか？

「家族のために」と、一生懸命働くお父さん。その本音は、実は、やりたくもない仕事をやっている、というものかもしれません。

「誰のために頑張って働いてやっていると思っているんだ！」

こんな台詞を吐いてしまうのは、自分の時間や人生を家族のために犠牲にしているという想いがあるからではないでしょうか。仕事そのものにやりがいや楽しさを感じていれば、きっとこんな台詞は口をついて出てこないはずです。

自己犠牲がベースにある**「誰かのために」**は、いつか破綻をきたします。仮に破綻しなかったとしても、その人は、のちに大きな後悔をすることになるかもしれません。

やっと自分の時間が持てるようになったと思ったら、身体の方が健康寿命を迎えてしまっていた。まだまだやりたいことはたくさんあるのに、肝心な身体が動かない。

「私は私の人生でやりたかったことの半分もできなかった……」

せっかく払ってきた自己犠牲。けれど、あとに残ったのは、後悔の念だけだった……それではあまりに救いがありません。

また**「誰かのために」**という大義名分は、できないことの言い訳としても重宝します。自分の人生を主体的に生きることができないのは、家族の生活を守らなくてはならないからだと。

もちろん、その考えのすべてを否定はしませんし、実際にその家族の中の働き手がその人しかいない状況であったなら、そうせざるを得ないという現実があるのも事実です。けれど、最初からすべてを諦め、その状況から抜け出すための努力を一切しようとしないのは、果たして正しいことなのでしょうか。

多くの人は、日々の仕事や家事に忙殺され、昨日の自分すら振り返ることができずに生きています。自己分析をして、自分の人生を振り返り、今後の人生を自らの力で切り拓いていく……そんなことを考えている余裕など一切ないという人が大半だと思います。

けれど、もしこんな宣告をされたとしたら、あなたはどうしますか？

「あなたの余命はあと一年です」

きっとあなたは、必死で自分と向き合おうとするのではないでしょうか。やりたいことを箇条書きにして、片っ端からチャレンジしていくのではないでしょうか。多くの人は、終わりが見えて初めて動き出そうとします。けれど、それでは遅すぎるのです。

よく**「死ぬときに後悔すること」**という類の本がありますが、死ぬときに後悔してもあとの祭りだということは、誰しもわかっていることです。けれど、多くの人は、死ぬときに後悔しないための人生を積極的に生きようとはしていません。

私は娘から命の儚さを教わりました。

娘は**「死」**というものが決して遠いものではなく、常に**「生」**と隣り合わせで存在しているということを改めて私に認識させてくれました。人生の時間は無限ではないのだと。やりたいことを後回しにしているほど、人の人生は長くないということを私に教えてくれたのです。

また同時に、命の価値はその長さで決まるものではなく、大切なのはその生き様であると教えてもらいました。娘の命は確かに短かった。けれど、それはものすごい太さだったし、周囲の人間に与えた影響力には、凄まじいものがありました。

特に母親である私は、彼女から多大な影響を受け、今に至ります。私は娘の経験がなかったら、きっと今も漫然と仕事を続け、自己分析をするなどという考えに至ることもなく、人生になんとなくの不満を抱えながら、ただ毎日を消化するだけの日々を過ごしていたかもしれません。

娘は、私に多くの**「気づき」**を与えてくれました。自分の頭で物事を深く考え、自分の力で人生を切り拓いていかなければならないということを改めて気づかせてくれました。

仕事に限らず、自己犠牲の上に成り立つ**「誰かのために」**は、決して長続きしません。うまくいかなくなる理由は簡単です。それは、犠牲を払っている本人が満たされていないからです。

「誰かのために」と動くことは素晴らしいことです。けれど、同時に多大なエネルギーも必要とします。ボランティア活動のように、自発的で見返りを求めないのが一番理想的な形ではあるものの、多くの人のそれは、自己犠牲の上に成り立っているように思います。する側に**「犠牲を払っている」**という想いがある限り、その人は相手から必要以上の感謝の念を要求することになるでしょう。

自己犠牲感が強くなればなるほど、感謝されたいという要求はエスカレートしていきます。そのうち、感謝の念だけでは気持ちが満たされず、相手との関係がギクシャクしたものへと変わってしまうことにもつながりかねません。その根底には、自分の大切な時間や人生を、自分以外の誰かのために犠牲にしているという恨みにも似た想いがあるのではないでしょうか。こうなってしまっては、誰も救われないと思いませんか？

理想的な**「誰かのために」**は、その行為をした人が、その行為自体に満たされる状態を指します。その人は、自分の行いで満たされるため、相手に過剰な感謝など求めたりはしないのです。

たとえばこんな場面。あなたは犬の散歩中に道を尋ねられました。聞かれた場所はよく知っているお店だったこともあり、あなたは説明を試みます。しかし、そのお店は口頭では説明しづらい場所にありました。そこであなたは、途中までその人を連れていってあげることにしました。相手はかなり恐縮しています。ここまでくればもう大丈夫という場所まで辿り着くと、残りの道順を口頭で説明します。その人は丁寧にお礼を言って笑顔で去っていきました。あなたはその人の背中を見送りながら、ふと自分の心が温かくなっていることに気がつきます。

このような経験をしたことがある人はいませんか？　誰かに施した親切で自らの心が温かくなったという経験。心が温かくなったということは、自分の行為で自分自身の心が満たされた証拠です。このとき、相手からの感謝は付属品に過ぎないのです。

こういった自発的な行為こそが本来あるべき**「誰かのために」**の姿であり、そのとき人は、自己犠牲など払ってはいないのです。

先ほどの例の場合、もしあなたに大切な用事があり、数分の時間も取れない状況だったなら、恐らく、同じ行動を取ることはないでしょう。「ごめんなさい、急いでいるので」と言って、足早に走り去るしかありません。人によっては、そんな自分の行為が後味悪くいつまでも心に残ってしまうかもしれません。けれど、あなたは自分を責める必要などないのです。道を尋ねてきたその人は、きっとその後、別の誰かに助けを求めているはずです。すでにあなたは、その問題からは切り離されているのです。

まず大切にしてあげるべきは自分自身です。自分そっちのけでという精神は、必ずいつか破綻をきたします。

自分自身の幸福度を高めるためには、過度な自己犠牲の精神は捨てることです。まずは自分のことを大切にしてあげましょう。その上で、自分に余裕があるときは**「誰かのために」**を心がけて生きていきましょう。皆がそのような気持ちで生きることができたなら、世の中はもっと温かな空気で満たされていくはずです。

幸せに生きるためには

幸せの定義は人それぞれです。

私にとっての幸せは、小さなことで言えば、食べること、寝ること、愛犬ルリと遊んでいる時間、家族と過ごす時間……などが挙げられます。私は幸せのハードルがとても低いので、日常生活の些細なことに幸せを感じながら生きています。たとえば、土鍋で炊いた玄米ご飯が美味しくて幸せ！　という具合に。

私は、幸せのハードルは低ければ低い方が良いと思っています。なぜなら、小さなことに幸せを感じられるようになると、幸せの感度がどんどん上がっていくからです。幸せの感度が上がると、気持ちがどんどん前向きになっていきます。

前向きな心が育まれると、第七章「自己分析と自己受容」の一八〇頁で触れたように、物事の八割がマイナスの要素で構成されていたとしても、残り二割のプラス要素に注目できるようになっていきます。そして、物事の表面的な部分だけで良し悪しを判断するのではなく、事の本質を見極める力を養えるようにもなっていきます。

小さなことに幸せを感じられる心が育ってくると、**「当たり前のこと」**に感謝ができるようにもなっていきます。まさにプラスのループに乗れる感覚です。

無理をしてでも笑顔を作ると、脳は幸せだと勘違いをする……と言われますが、小さな幸せをたくさん拾い、多幸感を味わえる人生には、自然と良い流れが引き寄せられてくるように思うのです。

毎日のご飯を美味しいと感じられるのは、心身ともに健康である証拠です。何をするにも身体が資本になるので、健康を保つということはとても大切なことです。しかし、多くの人は健康でいることを当たり前と考え、身体を壊したときに初めて、健康のありがたさを痛感するのです。何事も、失ってから後悔するのでは遅すぎるのです。

よくよく考えてみると、この世の中に**「当たり前のこと」**など何も存在しておらず、私たちは日々の生活にもっと感謝の念を持つべきではないか？　そんなふうにも思います。

滅多なことでは幸せを感じない人というのは、幸せのハードルを高く設定しすぎているのかもしれません。そのため、幸せの感度が低くなり、些細なことでは幸せを感じにくくなっている。かつての私がそうだったように……。

私は自分の周りの人間を見ていると、幸せの感度が著しく低い人が非常に多くなっているという印象を受けます。そういう人は、決まって自己肯定感が低く、自分にも他者にも厳しく、何かにつけ不満を口にしがちです。

この手の人は、自ら幸せを遠ざけているようなものでしょう。

幸せのハードルが高く自分自身に厳しい人は、ともすると、自己を律することができている、理想的な社会人像として尊敬される対象にされがちです。

けれど、自分に鞭を打ち続ける人生というのは、なかなかハードなものです。そうした人生に余裕で耐えられる人であればいいのですが、多くの人はそれほど強い心を持ち合わせていないのではないでしょうか。

自分に厳しいという自覚のある人は、ほんの少しだけでも自分自身を甘やかしてあげることも試みてほしいと思います。

そして、その際忘れてはいけないのは、他者との比較を一切やめるということです。あの人と比べて自分はまだまだという思考は、決して幸せをもたらしません。仮に目標としていた人を追い越せることがあったとしても、その人はきっと、次なるターゲットを探し、競争を延々と続けることでしょう。

走り続ける人生に魅力を感じる人もいるのかもしれませんが、私自身は、もうこのような生き方はしたくないと思っています。

大切なのは、自分自身との比較です。過去の自分より少しでも成長している自分を目指すことです。そして、ほんの少しでも前に進めていたら、自分自身をきちんと褒めてあげること。自己肯定感が低いという自覚のある人は、まずはこれを習慣化してみてください。

小さなことに幸せを見出し、それに感謝しながら生きる。

一見地味でキラキラ感はないかもしれません。けれど、幸せは自分だけが感じられたらそれだけで十分なのです。他者に見せびらかす必要も、他者から羨ましがられる必要もないのです。

自分一人でこんな幸せを味わっているのはなんだかもったいない……。もしも、そんな心が芽生えてきたら、その幸せの価値がわかる他者に、少しお裾分けしてあげればいいのです。幸せを誰かと分かち合うことができたなら、その幸せは三倍にも、四倍にも膨れ上がっていくことでしょう。

私は、自分にとっての幸せとは何かを追求する中で**「ポジティブ心理学」**というものに出会いました。これについては次項で少しだけ掘り下げますが、この**「ポジティブ心理学」**が重要視しているのは、自分にとっての強みや美徳を正しく理解し、その中でも自分自身の性格と深くかかわる**「とっておきの強み」**を、日々活かして生活していくことの重要性でした。自分にとっての強みを追求することは、本物の幸福と充足感をもたらしてくれることにつながるという考え方です。

四〇代半ばに差しかかっていた私は、すでに日々小さな幸せに満たされており、そのお陰もあって、毎日を極めて穏やかに、心地良く過ごすことができていました。

自分の身の回りの人やものに感謝し、その感謝の心がもたらしてくれる充足感のようなものに、常にどっぷりと浸かっているような感覚がありました。

これから先の人生は、今の段階からもう少し進んだ先にある、より崇高な**「幸せ」**に向かって、自分の人生の歩みを進めていきたい。私は**「ポジティブ心理学」**と出会えたことで、自分のやりたいことの実現に向けて、また新たな一歩を踏み出す勇気を得ることができたと思っています。

自らの強みを活かして

ポジティブ心理学とは、アメリカの心理学会会長（当時）のマーティン・セリグマン博士によって、提唱された心理学です。ここで詳細は述べませんが、ご興味のある方は書籍も出ているので、手に取ってみるのもいいかもしれません。

セリグマン博士の著書『世界でひとつだけの幸せ—ポジティブ心理学が教えてくれる満ち足りた人生』（小林裕子訳、アスペクト）の中に、「この世には文化を超えた『六つの美徳』があり、これらはさらに『二四種類の強み』に細分化される」という記載があります。

この**「強み」**の中で、自分自身の性格と深くかかわる強みは**「とっておきの強み」**と言われ、これを活かして生きることが、本物の幸せに通じる……というのは、先にも述べたとおりです。

私は、この先自分がやっていきたいことを追求する中で、自分にとっての強みを活かせるような仕事に就きたいと強く思うようになりました。

自分にとっての美徳と強みを再認識するという作業は、私にとっては、自己分析の続きのようなものでした。私という人間はどのような価値観を持ち、どのような行いに感動するのか。自分自身が心から嬉しい、満たされたという感情に至ったとき、それは何が引き金となっているのか。

これらを深く追求する作業と、自身の美徳と強みを見出す作業は、非常に似ている部分があるように思えました。

私は、自分にとっての美徳と強みを追求していく中で、自分の持つひとつの特徴に行き当たりました。それは、誰かのために何かをやっているときに、とても心が満たされた状態になる、というものでした。

言うまでもなく、それは自己犠牲の上に成り立つ**「誰かのために」**ではありません。たとえば、日常生活の中で言えば、食事の準備をする際のこと。自分のためだけに料理を作るときよりも、夫のためにと作るときの方が、作る作業自体が楽しいと感じていることに気がついたのです。

ほかにも、私は趣味で編み物をするのが好きなのですが、自分のために何か作品を作るときよりも、誰かにあげるためのプレゼントを作っているときの方が、何倍も心が躍っているということにも気がつきました。

現在の私は、自分自身の心が満たされている状態にあることもあり、誰かのために何かをすることに、一段階上の**「喜び＝幸せ」**を感じることができているのかもしれません。

私は、自分自身の深層心理の中に**「誰かの役に立ちたい」**という想いが強くあることを、改めて認識したのです。

私がこの本を書くことにチャレンジしようと思い立ったのは、この**「誰かの役に立ちたい」**という想いを、具現化させたかったからにほかなりません。本の執筆にチャレンジすることは、私の美徳と強みを活かすのに最適な場であると判断したのです。

私の経験が、悩む誰かの生きるヒントになれたなら、それ以上の喜びはない。そんな熱い想いに引っ張られるように、私は自分自身の経験とそこから得られた知見をこの本にまとめることを決意しました。

もちろん、この本を書くことがすなわち将来の仕事に直結するわけではありません。けれど、私はひとつの取っ掛かりとして、まずは、何か自分にとって大きなチャレンジをしてみようと思ったのです。

自分で人生を操縦すると決めただけでは、何も変わってはくれません。ただ座って待っていても、チャンスがひとりでに降ってくることなどないのです。自分で変えると決めたからには、自分自身で何か行動を起こさなければならないのです。

このチャレンジが将来的に私の人生にどうかかわってくるか……今の時点では何もわかりません。けれど、人生に無駄なことなど何ひとつないと信じる私は、このチャレンジにもきっとなんらかの意味があると信じています。

とはいえ、執筆する過程では、さまざまな想いが私の心を邪魔してきました。

私のような無名のものが自分の経験を書いたところで、誰が読んでくれるのだろうか……そんなネガティブな気持ちに支配され、キーボードを打つ手が止まりそうになったこともありました。けれど、私のチャレンジ精神は潰されることはありませんでした。

私にしか書けないことがあるはずだ。私だからこそ書けることがあるはずだ。

人生は一度きりです。やってみたいと思ったことにチャレンジするのは、とても勇気のいることです。

けれど、もしこれをやらずに天国に行かなくてはならない日が突然来てしまったら、きっと私は大きく後悔することになるだろう。そんな想いに強く背中を押された私は、やらない後悔より、たとえうまくいかなくても挑戦することに決めたのです。

何事も最終的にやる・やらないを決めるのは自分自身です。大切なのは、自分自身の心の声をちゃんと聞くこと。そして、後々その決断に後悔をしないことだと私は思っています。

マイナスをプラスに変える

自分にとっての美徳と強みを認識できた人は、その後、進むべき人生の大まかな方向性を得られたも同然と、私は考えています。

自分がすでに持っているものを活かし、それをより強化していくという考え方は、自分の得意を伸ばすことになるので、自信をつけることにもつながっていきます。

反対に**「ないものねだり」**ばかりしていると、人はいつまで経っても自己肯定感を得ることができず、ますます負のループへとはまっていってしまいます。

大切なのは「ないものはない！」と割り切る心です。つまりこれは、自己受容の話ともつながる部分です。

人生には努力だけではどうしても手に入らないものがあります。手に入らなかったという事実を**「負け」**と捉えるのではなく、得られなかったことにもなんらかの意味を見出し、それを違う方向へと進む原動力として活かしていく。これこそが人生の醍醐味ではないか。

私はそんなふうに考えています。

人生においてマイナスな出来事に遭遇するのは不可避です。どんなに幸せそうに見える人でも、何かしらのマイナスを抱え、乗り越えながら生きています。

よく不幸比べをする人がいます。あの人が経験した不幸なんかより、私が経験した不幸の方がずっとつらいんだ……と。

自分の幸せを追求する上で、他者との比較は無意味であるということは先に述べたとおりですが、不幸な出来事においても、他者と自分のそれとを比較することはまったく意味がありません。

なぜなら、その人の心の痛みはその人にしかわからないからです。他者の痛みは他者のものであって、あなたのものではありません。他者の不幸を自分の土俵に無理やり引きずり上げて、どちらがよりつらかったかを比較することに、いったいなんの意味があるのでしょうか。

幸せなことであろうと、不幸なことであろうと、それらを消化し、前に進まなければならないのは自分自身です。そこに他者との比較はいらないのです。

プラスの出来事に囲まれているとき、人は上機嫌でいられます。心の器がそれほど大きくない人でさえ、そういうときは、自分にも周囲の人間にも優しくなれるものです。しかし、それは、プラスの出来事がもたらした心の余裕から出た副産物のようなものであり、その人の本質から滲み出た優しさではありません。

うまくいっているときに機嫌が良くなるのは当たり前です。本当の人間性が試されるのは、何もかもがうまくいかなくなったときです。自分自身のことでいっぱいいっぱいになりながらも、他者のことを気遣える人というのは本物です。そういう人こそ、真の優しさと強さを持った人だと思います。どんなにつらいことがあってもめげない心、七転八起の精神を持つ人とも言えるでしょう。

心理学の世界で言うところの**「レジリエンス」**がそれに近いものだと思われます。レジリエンスとは、「精神的回復力」を指す言葉です。逆境やトラブルなどの何か大きなストレス因子に見舞われたとき、それらにうまく適応できる能力を意味します。

より良い人生を生きるためには、このレジリエンス、つまり**「折れない心」**を持つことが必要不可欠なのではないでしょうか。折れない心を持っていれば、マイナスの出来事でさえもプラスへと昇華させることができるようになります。

私の場合は、結衣の経験が好例でしょう。私の身に起きた一連の話を聞けば、ほとんどの人が**「不幸な話」**とジャッジし、同情の目を向けてくるかもしれません。

また、その後の妊活もうまくいかず、最終的に子なしの人生を歩むことになったという結末を見て、「なんてかわいそうな人だ」と哀れむ人もいるかもしれません。

しかし、当の私は、結衣の経験を不幸なこととは一切解釈していません。また、その後、子なしの人生を歩むことになった点についても、自分自身が納得して選んだ道であるため、悲しい人生を歩んでいるという認識は皆無です。これは、無理して強がっているわけではなく、私が私自身の力でマイナスの出来事をプラスへと昇華できた結果であると思っています。

私は娘の経験から多大な学びを得ました。私は彼女に対して、絶大な感謝の念を今でもずっと抱き続けています。

もちろん、あの妊娠が問題なく進んでいき、ごく普通の妊婦としての幸せを味わい、お母さんになっていくという未来もあったかもしれません。きっとそれはそれで幸せな人生だったと思います。

けれど、私の人生にはその道は用意されていなかった……。

この現実を受け入れるまでに、数年の歳月を要したわけですが、それを受け入れられる心が育って以降の私は、いわゆる一皮剥《む》けた状態になり、いろんなことが達観できるようにもなっていきました。
つまり、一見マイナスでしかなかった出来事を、自分の人生にとって必要不可欠な経験であったと認識し、それをプラスの方向に昇華させることができた実例でもありました。

これはまさに、

「死ぬほどつらかった経験も、
捉え方次第で生きる力に変えられる」

という言葉に集約できると思っています。

自分に与えられた人生を受け入れ、その使命を見出す。それは、生半可な覚悟ではできないことではありますが、自分の人生に課せられた使命のようなものをうっすらとでも感じることができるようになると、生きること自体、そして、何気ない日常生活そのものに感謝する心が自然と育まれていきます。

もちろん、日々生きていれば、予期せぬ大変なことが起きたり、他者との見解の相違から嫌な想いをすることは多々あります。

けれど、心のベースにポジティブな心理が働いてさえいれば、嫌な出来事に必要以上にとらわれることがなくなります。

嫌なことは嫌なこととして冷静に受け止め、その上で、今できることをやる。そして、どうあがいても避けられないものに関しては、ある程度の覚悟を持って受け入れる。そして、それを少しでもプラスへと昇華させる。

人生は日々修行です。マイナスの出来事にのみ込まれない、強くしなやかな心を、少しずつでいいので育てていきましょう。それができるようになれば、あなたはきっと少しずつ生きるのが楽になっていくはずです。

人生に無駄なことなどひとつもない

私は今、次なる人生のステージへ向けて、新たな歩みを進めています。それは、仕事に関して新しいキャリアを得ようというチャレンジです。まさか自分が四五歳にもなって、こんな新たなチャレンジをする人生を歩むことになるとは……。一〇年前の私が聞いたら、驚いて腰を抜かすかもしれません。

私は現在、以前書いていた天使ママブログを一旦終了させ、新たに食の安全や健康を主なテーマとして扱うブログを発信しています。

私は自分の**「好き」**を追求する中で、今後、軸としていくべき二つの事柄を発見しました。それは、文章を書くこと、および、食や健康に関する知識を深めていくことです。これらは、いずれも私自身の好きな分野であり、得意な事柄でもありました。

今後は、食や健康に関する、より深い情報を提供していけるよう、すでに持っている資格（和漢薬膳師）に加え、新たな食関連の資格を取得し、活動の幅を広げていきたいと考えています。

また、もっと先の未来に目を向けたなら、食や健康に関する書籍を出版できるレベルにまで到達することができたらいいな、という夢も持っています。

私がこれら二つの**「好き」**を見つけることができたのは、いずれも過去の私の行動が引き金となっていました。つまり、過去の私がガムシャラになって取り組んでいたことが、今、私自身をアシストする結果になったのです。

取り組んでいた当時は、将来のために何かをやっているという自覚はまったくありませんでしたが、今となっては、あのときの私の行動があったからこその現在であると強く実感しています。

「人生に無駄なことなどひとつもない」

苦しみの最中にいる人は、こんな言葉を聞いたところでまやかしのように聞こえてしまうかもしれません。けれど、この言葉が嘘ではないということは、頑張った先の未来に到達してからでないと絶対にわからないのです。

目先の利益や効果ばかりに気を取られることなく、何事も真剣に取り組んだ先には、何かしらの収穫があると信じて物事にチャレンジすることは、とても大切だと思います。


私がこのような考えに辿り着くひとつの契機となったのは、二〇代後半に経験した、小さな成功体験がベースにありました。

私が社会人になって最初に経験した職種は、ＭＲ（Medical Representatives：製薬会社の営業職）でした。最初のうちは楽しかった仕事も、だんだんとしんどく感じることの方が多くなり、やがて仕事を辞めたいと思うようになりました。

けれど、その当時の私は何も持っていない状態でした。転職をするにも、事務職ができるほどのパソコンスキルがあるわけでも、何か特別な資格を持っているわけでもありません。そのくせMRを辞めたいという気持ちだけは、日に日に大きくなっていきました。会社を辞めてしまえば済む話ではありましたが、その先の準備を何もせずに辞めることは、単なる**「逃げ」**のようにも思えました。

そこで私は、自分自身に課題を課すことにしました。MRを辞めるのならば、その前に何かひとつ、難易度の高い資格を取得すること。私が目をつけたのは、**「社会保険労務士」**でした。MRを辞めたいという想いは、私に持てる以上の力を与えてくれました。MRを続けながら、約一年間猛勉強した私は、見事資格試験に一発合格。その後、その資格のお陰で本社の人事部門から声が掛かり、社内異動することができたのです。資格を取ろうと決意した当時には、想像すらしなかった展開でした。

やりたくないことを無理に続ける必要はありません。けれど**「嫌」**という気持ちにただ従うばかりでは、何も進歩がありません。これを手放す代わりにあれを手に入れよう！

私は自分自身と駆け引きしたことにより、思いもよらないチャンスを手にすることができました。

仕事を辞めたいという想いは、一見するとマイナスのことと思われてしまいがちですが、その辞めたいというエネルギーを別の何かを手に入れるための行動力に変えることができたなら、それはマイナスなことではなくなるのです。辞めたいという気持ちは、見方を変えれば、自分の気持ちが、今進んでいる道と別の方向へと動きたがっている証拠です。それは、人生の方向転換をするチャンスと捉えることもできるのです。前向きな気持ちで行動した先には、必ずやまた別の何か新しい可能性やチャンスが、きっとあなたを出迎えてくれるはずです。

私が現在のブログを発信するようになったのは、結衣の経験があったからにほかなりませんでした。あの出来事がなかったら、私はそもそもブログなどというものを書くことはなかったと思っています。結衣のことを書いた当時のブログは、この本を書く大きな後ろ盾となってくれただけではなく、私に文章を書くという幼いころから好きだったことを思い出させるきっかけのひとつにもなってくれました。

また、妊活に励んでいた日々に知った食の大切さ。あのころから、私の食や健康に対する意識は少しずつ変わっていきました。自分の身体を作っているのは、自分自身が食べたものであるというごく当たり前の事実に気づいたのです。

日々、忙しく生きていると、つい出来合いのものに頼りたくなりますが、食を追求する中で添加物まみれの食事の怖さと、手作りすることの大切さや和食の素晴らしさを知りました。

過去の苦しんだ日々があったお陰で得られた、自分が本当にやりたかったこととの出会い――これはまさに、過去の**「もがき」**から得られた副産物でした。その副産物は今、今後の私の人生の主軸として、自分自身の可能性を広げようとしています。


また、結衣の経験、および、その後のうまくいかなかった妊活は、私たち夫婦の在り方にも大きな影響を与えました。

夫婦であっても、それぞれがそれぞれの人生を自分の足でしっかりと歩んでいくことが大切です。夫婦のいずれかがもう片方に過度に依存するような関係性は、私は、理想的な夫婦像ではないと考えています。男性が女性を幸せにしてあげなければならない……という風潮は、今やだいぶ薄まりつつありますが、もはや古すぎる概念だと思っています。

私は、夫婦といえども、それぞれが趣味や仕事など、没頭できる何かを持ち、精神的に自立していることがとても大切であると考えています。それは、お互いに好き勝手な人生を歩むということではなく、それぞれが自分の人生に責任を持って、自分自身を自分の力で幸せに導いていくべきだということです。

自分のことすら幸せにできないような人が、他者のことを幸せにすることなどできるものなのか。先にも述べたこの疑問は、夫婦間においても当てはまるのではないでしょうか。

いずれ人は一人になります。

パートナーへの依存度が高すぎる人は、その人を失ったとき、生きる希望を失うことにもなりかねません。そのためにも、人はある程度自立しておくことが絶対に必要であると私は思っています。

人は一人では生きていけませんが、自立した二人が力を合わせれば、もっと大きな力が発揮でき、より大きな幸せに到達することができるようになるのではないかと、私は考えています。

「過去が現在に影響を与えるように、未来も現在に影響を与える」

というニーチェの言葉が示すように、未来の自分を変えたいのであれば、今の自分を変える必要があります。

過去の出来事と他人は変えられないけれど、未来と自分自身は自分次第でいかようにも変えることができます。

私は、今後の人生を自分自身で舵を取ることを強く望みました。それを実現するためには、今までと同じ生活をしていたのでは、何も変えることはできません。

そこで、これまでの安定した生活を捨て、自分の人生を今までとはまったく違う方向へと進ませる決断をしました。このチャレンジが成功するか否かは、まだわかりません。けれど、わからないからこそ、頑張ってチャレンジしてみる価値があると私は思っています。

なぜなら、誰にとっても人生はたったの一度きりであるからです。冒険しない人生はなんだかつまらない……。私の心が私自身を鼓舞します。

チャレンジするなら今でしょ！

私は、この自分自身の心の声を信じ、前に進むことを決断するに至りました。

娘への感謝と誓い

娘の妊娠がなかったら、私はまったく別の人生を歩んでいたことでしょう。赤ちゃんを亡くすというこの出来事は、私が生まれたときから、運命として背負っていたもの、つまり、必然的なことだったのか？　それとも、偶発的に起きたことだったのか？　それは誰にもわかりませんが、ひとつ言えることがあるとすれば、いかなる運命であろうとも、自分自身の力で前向きに切り拓いていかなければ、その人にとっての幸せには永遠に到達できない……ということです。

あの妊娠から、ちょうど八年が経ちました。娘の病気が発覚した当時の私は、人生のどん底にいました。

こんなのタチの悪い夢であってほしい。

どれほどそう願ったかわかりませんでした。

けれど、八年後の今、私にとってあの経験は、もはやなくてはならない大切なものへと変化を遂げていました。あの経験があったからこそ、私は今の自分に辿り着くことができた……と感じています。

あの出来事、および、その後のうまくいかなかった妊活は、私の心をマイナス方向へ陥れるには十分すぎる出来事でした。実際、妊活がうまくいかなかった当時の私は、見事に負のループにはまっている状態で、心はいつもドロドロしたものを抱えていました。

何か不幸な出来事に見舞われたとき、人は目先のつらさにばかり気持ちが引っ張られていってしまうものです。それはある意味仕方のないことではあります。けれど、大切なのはその先です。

つらくてもその運命を受け入れ、前に進めるかどうか。つらい運命を受け入れることは、誰にとっても困難なことではありますが、この決断をできるかどうかで、その先の人生が決まってしまうといっても過言ではないと私は思っています。

娘の病気がわかったときに味わった人生のどん底。その後の妊活が不発に終わり、子どもを持つこと自体を諦めるに至ったときの境地。文章にしてしまうと意外とあっさりとしてしまうけれど、そこには、言葉ではとても言い表せないような複雑な感情が溢れていました。私にしかわからないつらさがありました。

私は今でも、娘の経験を**「乗り越えた」**とは思っていません。あのときのことは八年経った今でも涙なしで語ることはできないし、つらい経験であったことになんら変わりはないからです。

よく人は「つらいことでも乗り越えて頑張っていこう」というようなことを言いますが、私はこの**「乗り越える」**という言葉がどうしても好きになれません。それは、乗り越えるという言葉には、直面した困難などを文字どおり乗り越え、後ろに置いてきてしまうようなイメージがあるからです。

私は、周囲から見れば、娘のことを乗り越えたかのように見えるかもしれません。けれど、私としては、娘のことは決して乗り越えたのではなく、あのときのつらさとともに今も生きている……という感覚なのです。

私は、娘の出来事をとおして、人生には努力ではどうにもならないことがあるという厳しさを知りました。けれど、そこからいかにして這い上がり、自分にとっての幸せを追求するかは、すべてその人次第であるという結論にも達しました。

私にとって、娘の一連の出来事は、ただ単につらいだけの経験ではありません。つらいことが多かったけれど、そのつらさの中に見出した、温かい思い出も少なからず含まれていました。

私は、過去のそうしたすべての想いと一緒に、今も人生の歩みを進めています。つらさも寂しさも、温かい感情も幸せと感じる心も、すべての想いを大切に背負いつつ、私は今日も生きています。

一見するとマイナスでしかないような出来事に心を揺さぶられる人生は、なかなかハードであり、それなりに大変ではありますが、つらい経験はつらかった分だけ、私にたくさんの引き出しを与えてくれたようにも思います。私は、この経験の前と後とでは、人としての厚みが変わったと実感しています。

つらい経験をした人は、人の痛みがわかります。人の痛みがわかる人は、総じて優しい心の持ち主です。

人のつらさに寄り添える温かな心を持った人は世の中にたくさんいるとは思いますが、経験者にしかわからない痛みがあるのもまた事実です。私はその意味で、死ぬほどつらい経験をした人と、心底分かち合える心を得ることができたと思っています。

そして、たくましく生きていくためには、優しい心を持っているだけではダメで、打たれ強く、かつ、しなやかな心を持つ必要があることも知りました。

私は、娘のことを強くて優しい心の持ち主だったと思っています。私は、そんな娘のことを今でもずっと誇りに思っています。

娘は、自分の使命をしっかりと果たし、天国へと帰っていきました。天国へ戻ったあとは、きっと神様にたくさん褒めていただいたことでしょう。

私はまだ自分の確固たる使命を見出せていない段階ではありますが、娘が身をもって教えてくれたことを心に刻みながら、今度は私自身が、この世に生まれてきた意味をしっかりと考え、自分自身の使命をきちんと果たして生きていかなくてはならないと感じています。

娘のためにも、私は残りの人生を有意義に過ごさなければなりません。自分にとっての幸せを追求し、他者にも良い影響を与えられるような人間を目指して、毎日を大切に生きていかなければならないのです。

娘がこの世にいないことを寂しく思わないと言ったら嘘になりますし、娘のことを想わない日はないけれど、彼女に想いを馳せ、涙を流すのは年に一回、命日の日だけと心に決めています。泣いてばかりいたら、娘にガッカリされてしまいますからね。

娘を亡くした直後から、私は死ぬのが怖くなりました。その気持ちの裏には、死んでしまえば娘に会える……当初はそんな安直な想いもありましたが、今の私は、自分の人生をまだ終わりにできる段階ではないと思っています。娘から教えてもらったことをきちんと体現できるまでは、娘のところへは行けないと思っています。

娘に恥じない人生を！

これが私の人生目標です。

いずれ私も天国へ行く日が来るでしょう。

そのとき再会した娘に、

「ママ、よく頑張りました！」

そう言ってもらえるよう、私は娘に恥じない人生をこれからも送っていきたいと思っています。

結衣ちゃん、ありがとう。

ママ、頑張っていくからね。

完

あとがき

本書を執筆中の二〇二二年一二月一四日、最愛の母が天国へと旅立ちました。八四歳でした。

八年前のつらかった日々をともに歩み、私たち夫婦を一番近くで支えてくれたのが母でした。この本が刊行されたら、真っ先に読んでもらおうと思っていたのですが、残念ながらその願いは叶いませんでした。

一二月は私にとって特別な月です。それは、娘を産んだ感動と、亡くした絶望を同時に味わった月だからです。運命のいたずらなのか、なんなのか、またしても一二月……。

少し前から体調を崩していた母の様子を前に、なんとなく嫌な予感が私の脳裏に浮かんでいました。嫌な予感ほど当たってしまう……。今回も例外ではありませんでした。

人生は出会いと別れの連続です。そして、つらいこともあれば嬉しいこともあります。

悲しい出来事に見舞われたときは、どうしても気持ちがマイナス方向に強く引っ張られてしまいます。

それが肉親との別れとなればなおのこと。母との別れは、いくら前向きな私でさえも、すべてのことがもうどうでもいいと思えるくらい、強い負の力を感じました。

娘も母も天国へ行ってしまった。私もそちらへ連れて行ってくれないかな……。そんな考えが頭をかすめます。

けれど、次の瞬間には、そんなこと思ったらダメだ！　二人に怒られてしまうと思い直し、改めて〝娘と母に誇れる人生をしっかりと歩まなくては！〟と気持ちを引き締め直しました。


大切な人との別れは、生きている限り避けて通ることはできません。遺された側は本当につらく、自分の歩くべき道を見失いそうになることもあるでしょう。

けれど、どんなにつらくても、私たちは前に進まなければなりません。その人の分までとは言わないまでも、自分の人生の舵取りをしっかりと続けていかなければならないのです。

読者の皆さんの中にも、今現在、もしくは過去につらい経験をした人が多くいることと思います。でも、そのつらい経験はいつしかあなたの優しさ、そして強さとなり、人としての厚みを増してくれると思います。
人の成長につらい経験は不可欠であり、それとどう向き合うかでその後の人生が決まるのだと、私は思っています。

つらくても折れない心を相棒に、あなただけの人生を紡いでいってくださいね。私も皆さんに負けないように、しっかりと自分の人生の舵を取っていきたいと思います。諦めなければ、きっと道は開かれていくはずです。

著者プロフィール

水沢 文美（みずさわ ふみ）

1977 年生まれ
神奈川県出身
早稲田大学商学部卒業
2001 年、万有製薬株式会社（現 MSD 株式会社）に入社
以降、2007 年まで高知県にて MR 職に従事。社会保険労務士試験合格を機に本社人事部門に異動。社会保険・退職金・給与計算などの仕事に従事
2023 年からフリーランス
東京都在住

いつかあなたに誇れるように ～天国の娘に誓う～

2023年 5 月16日　初版第 1 刷発行

著　者　水沢 文美
発行者　瓜谷 綱延
発行所　株式会社文芸社
〒160-0022　東京都新宿区新宿1－10－1
電話　03-5369-3060（代表）
03-5369-2299（販売）

印刷所　神谷印刷株式会社

ISBN978-4-286-30131-0